# Python

DU MÊME AUTEUR

*Chez le même éditeur*

TITUS N'AIMAIT PAS BÉRÉNICE, prix Médicis, 2015
LES SPECTATEURS, 2018
EN DÉCOUDRE, 2019
CLIC-CLAC, 2019
MRS DALLOWAY de Virginia Woolf, traduction, #formatpoche, 2021
LA FILLE PARFAITE, 2022

*Chez d'autres éditeurs*

MÈRE AGITÉE, Seuil, 2002
C'EST L'HISTOIRE D'UNE FEMME QUI A UN FRÈRE, Seuil, 2004
LES MANIFESTATIONS, Seuil, 2005
UNE ARDEUR INSENSÉE, Flammarion, 2009
LES FILLES ONT GRANDI, Flammarion, 2010
JUVENIA, Stock, 2020

Nathalie Azoulai

# Python

*Roman*

*P.O.L*
33, rue Saint-André-des-Arts, Paris 6e

*Cette œuvre a été développée lors d'une résidence à la Villa Kujoyama, avec le soutien de la Fondation Bettencourt-Schueller, de l'Institut français du Japon et de l'Institut français.*


ISBN : 978-2-8180-5866-4
www.pol-editeur.com

*À P.*

# Boris

Nous nous apprêtons à déjeuner sur la terrasse de notre ami Pierre, nous sommes une dizaine de convives. C'est un beau jour de juin, ensoleillé, pas trop chaud, un jour qui donne envie de vivre longtemps. Un jour qui ressemble à celui vers lequel s'élance Clarissa, l'héroïne de Virginia Woolf, au début de *Mrs Dalloway*, avec juste ce qu'il faut de fraîcheur à des enfants sur une plage, comme elle dit.

Dans un coin de la terrasse, j'aperçois le fils de Pierre, Boris. Il est attablé devant un ordinateur, casque sur les oreilles. C'est un garçon vif et affable d'habitude, mais là, il nous sourit à peine, ne nous rejoint pas, ne fait même pas mine de vouloir se lever. Je me demande pourquoi il reste sur la terrasse et ne va pas s'enfermer dans une pièce de la maison s'il a tant à faire, mais peut-être qu'il reste là pour avoir juste ce qu'il lui faut de fraîcheur, comme des enfants sur une plage.

Son père le dédouane. Il nous explique que Boris vient de se réveiller car il a passé la nuit à coder, il ne déjeunera pas avec nous. D'ailleurs, il ne déjeune jamais ces temps-ci. Il avale des barres de céréales et des pommes toute la journée devant son écran. Son clavier doit être tout collant, s'esclaffe Pierre, je n'arrête pas de lui dire d'aller courir, de bouger, mais que voulez-vous ? Il code il code il code. Pierre dit ça sans ponctuation, avec une pointe de fierté.

Nous ne posons aucune question. Que lui demanderions-nous ? Ah oui, et il code quoi ? Nous ne savons même pas ce que signifie exactement ce mot. Nous l'avons entendu dans des films, des séries, mais jamais au point de nous représenter quoi que ce soit de clair ni même d'avoir envie de le faire. Pierre non plus ne doit pas y comprendre grand-chose. D'ailleurs sa fierté cache peut-être un peu sa honte. Nous sourions d'un air gêné et nous prenons place autour de la table en oubliant Boris. Nous parlons de choses et d'autres, de politique, des derniers films que nous avons vus, des vacances qui approchent, nous rions au sujet de vieilles histoires.

Mais Boris est inoubliable.

Environ toutes les dix secondes, mes yeux le cherchent : ses cheveux lui mangent tout le front, ses joues se sont légèrement creusées, ses yeux cillent à peine. Seuls ses doigts bougent, il code. Je le regarde comme on regarde une célébrité en chair et en os, mine de rien, du coin de l'œil, mais avec intensité, comme pour découvrir un reflet spécial sur sa peau, le secret de sa gloire, vérifier qu'elle est à la fois différente et commune. Je fais en sorte qu'on ne remarque pas mes regards. Des pensées honteuses me traversent en fixant ses doigts agiles, si rapides sur les touches, je suis suspecte à mes propres yeux, je ne me reconnais pas. Je me demande ce qu'il écoute, c'est la seule question que j'ose poser.

– Sûrement du Mozart, répond Pierre en déposant un grand saladier devant nous, il n'écoute que ça.

– Ah oui ? Quoi exactement ?

– Là, tu m'en demandes trop.

Bien sûr.

Je bafouille, je propose de servir toute la tablée mais mon esprit divague, les mots défilent, Boris a codé toute la nuit... la nuit... le code... Boris aurait pu avoir dansé, bu ou baisé toute la nuit, des choses normales pour un jeune homme de son âge et qu'on aurait comprises, mais non, Pierre a dit *codé*.

Là-bas, dans son coin, absorbé, Boris semble garder jalousement un trésor, ou communiquer avec les morts. Je concasse le mystère, j'imagine toutes sortes d'hypothèses à deux sous. Son grand-père qu'il adorait vient de mourir, c'est peut-être pour ça qu'il code ? L'un de ses amis s'est suicidé l'an dernier, c'est peut-être pour ça qu'il code ? Le climat se réchauffe, c'est peut-être pour ça qu'il code ? Ou parce que des guerres éclatent partout ? Ou je ne sais pas. Tout est possible, y compris tout ce qui m'échappe. Ma raison cède aux incantations, la nuit, le code, la nuit, le code...

Le codeur code
nos sons nos voix nos images nos langages nos affinités nos amitiés nos amours nos solitudes nos livres nos cartes nos dessins nos photos nos musiques nos nuits nos jours nos anniversaires nos cadeaux nos conversations nos rendez-vous nos rencontres nos fortunes nos dettes nos cœurs nos utérus nos grossesses nos tumeurs nos opérations nos fêtes nos usines nos avions nos réacteurs nos élections nos guerres nos bombes nos missiles nos fusées nos ciels nos mers nos voyages nos transports nos films nos lumières nos décors nos musées nos virgules nos calculs nos cursus nos naissances nos décès nos mariages nos divorces nos maladies nos foulées nos kilomètres nos averses nos tempêtes nos soleils nos orages nos ouragans nos séismes nos fêtes nos horloges nos calendriers nos bibliothèques nos dictionnaires nos encyclopédies

nos traductions nos recettes nos repas nos banquets nos cérémonies nos prières nos messes nos fantasmes nos crimes nos battues nos confessions nos psaumes nos embouteillages nos orientations nos études nos agendas nos souvenirs nos prophéties nos lessives nos archives nos paysages nos étoiles nos planètes nos remèdes nos poisons nos couleurs nos maisons nos prédictions nos décisions nos résurrections nos cercueils nos berceaux nos microscopes nos télescopes nos moteurs nos capteurs nos antennes nos décollages nos atterrissages nos accidents nos crashs nos satellites nos radars nos romans nos poèmes nos tragédies nos comédies nos jeux nos théâtres nos opéras nos drones nos drames nos conquêtes nos utopies

Y a-t-il encore des choses que le codeur ne code pas ? Qui soient sans accompagnement, a cappella ?

Pierre dépose un plateau de fromages. La conversation dérive vers la rétrospective consacrée au peintre Sam Szafran. Chacun vante ses couleurs, ses cadrages, ses incroyables feuillages bleus. Moi aussi mais soudain, je ne dis plus rien. Je pense à Darwin qui regrette que les sensations de la beauté et de l'art ne le traversent plus à force de science, à cette perte de sensibilité qu'il voyait comme une perte de bonheur. Je ne peux m'empêcher de regarder Boris, là-bas, dans son coin, happé par son trésor. Il court à toute allure sur son tapis roulant, volant peut-être, loin de nos toutes petites foulées de lettrés. Son père l'a élevé dans le goût de l'art et de la littérature, mais maintenant qu'il code, met-il encore les pieds au musée ? Y a-t-il encore dans son esprit de la place pour tout ça ? Certes il écoute du Mozart mais j'imagine un instant qu'il retire son casque, nous rejoigne, et tout à coup, je nous trouve lents, complaisants, bavards. Inutiles. Caducs. Son regard croise le mien, je baisse les yeux tandis que Mozart continue à déverser son chant dans le creux de ses clavicules, là où la peau est si douce, un peu crayeuse. Je me lève d'un bond, je dis que je veux éterniser notre déjeuner en prenant une photo de la tablée mais j'en vole aussi une de Boris, là-bas, dans son coin, qui n'a pas bougé.

Un père mathématicien dit à sa fille artiste que l'art ne sert à rien. Un père agriculteur dit à son fils mathématicien que les mathématiques ne servent à rien, et ainsi de suite. On est toujours la personne qui ne sert à rien de quelqu'un, mais est-ce vraiment la bonne manière de poser le problème ?

Le soir même, je consulte des sites improbables, je tombe sur ces phrases : « Un programmeur est un petit dieu ("a minor god"). Il crée des univers comme bon lui semble. » « Aujourd'hui, tout en étant assis sur votre canapé, votre portable sur les genoux, vous aussi vous pouvez être un dieu. Vous n'avez qu'à imaginer un univers et à le faire advenir. Les lois de la physique sont facultatives. » Je passe plusieurs heures sur le site *Quora*, je parcours des pages techniques sans y comprendre grand-chose, mais j'identifie quelques formules récurrentes comme « Il faut produire des lignes et des lignes de code pour… », ou : « Pour une personne qui code, il y en a dix qui s'agitent. » Le code semble aussi abondant que le codeur est rare.

Les codeurs seraient vingt millions dans le monde, mais on en annonce le double d'ici 2030. Sur huit milliards d'habitants, ça reste peu alors que tout passe par eux. On débat sur la propagation du code, on se demande si les codeurs ne sont pas les scribes du Moyen Âge, les seuls alors qui savent lire et écrire. On relie le très ancien à la pointe de la modernité, de ces boucles qui laissent un peu pantois mais qui glorifient notre humanité, une pointe d'immortalité que nous ne devons qu'à nous-mêmes. Est-ce qu'on codera comme on lit, comme on écrit ? Est-ce qu'on apprendra partout dans le monde le code à l'école ? Tout concourt à penser que non, tout le monde ne saura pas coder, d'autant que l'intelligence artificielle s'en chargera, mais alors qui se chargera de programmer l'intelligence artificielle ? On peut aussi considérer que coder est une simple technique artisanale, comme celle des orfèvres ou des ébénistes, des arts dont nous profitons sans savoir les exercer.

Je lis aussi que coder n'est rien d'autre qu'une écriture administrative, logique et chiffrée, qui consiste à écrire pour organiser, classer, qu'après la fiche comptable, la copie, la photocopie, la technique a produit le fichier numérique, rien de plus, mais alors je ne vois pas pourquoi tant de jeunes hommes dans la force de l'âge se passionneraient pour ça.

En pleine Seconde Guerre mondiale, Grace Hopper est la première à dire qu'elle *code* quand elle donne des instructions à une machine. Jeune, elle a l'air d'une actrice hollywoodienne. Sur les photos, elle pose avec une cigarette, de longs ongles vernis. Je me demande comment on tape avec des ongles pareils. Pour contrecarrer les plans de sa mère qui la voulait secrétaire, Barbra Streisand a d'ailleurs sorti ses griffes rouge sang dès le début de sa carrière et ne les a plus jamais rentrées. Mais plus les années passent, plus les ongles de Grace raccourcissent. Le vernis disparaît. Grace entre dans l'armée. Elle définit le codage comme une suite d'ordres précis enregistrée dans une mémoire, elle ne parle pas encore de langage, mais en 1955, le concept de traduction émerge. Les machines se multiplient et il faut trouver un langage commun à toutes, universel. À cette époque-là, l'ordinateur n'a pas encore de visage puisqu'il n'a pas d'écran. C'est plutôt une sorte de grand tableau de bord.

Il n'y a pas de reflet, l'hypnose n'a pas encore commencé et le codeur n'est pas né. Le verbe *coder* s'efface durant vingt ans et on dit *programmer.*

Dans les années quatre-vingt, *coder* revient, vif, compact. Certains le déplorent, le trouvent trop obscur, légèrement occulte. Pas le jeune homme qui, lui, aime bien ce verbe. Il ne sort plus de sa chambre, y passe des nuits blanches. Il pianote durant des heures sans parler, rivé, vissé. Son corps se réduit à ses yeux, à ses mains. Son visage se reflète dans l'écran. Les femmes, elles, ont quasiment disparu du champ, on reste entre hommes.

On connaît le jeune homme du front, du séminaire, du stade, du rock, des vestiaires, des chambrées, des salles de garde, des bars, des virées, des cités, mais celui-là, qui le voit ?

Dans une version antérieure d'*À la recherche du temps perdu*, l'homme qui dort était jeune. Proust avait écrit : « Un jeune homme qui dort tient en cercle autour de lui le fil des heures, l'ordre des années et des mondes. » Il suffit de remplacer « qui dort » par « qui code » pour donner de la poésie au codeur, le mettre sur orbite. Proust aurait-il aimé les codeurs ? Ou les aurait-il fuis au profit de garçons plus rustiques, plus physiques, plus érotiques ? Après tout, ce ne sont là que des reclus qui, comme lui, écrivent jour et nuit. Quelles fleurs peuvent bien pousser à l'ombre d'un jeune homme pareil ?

Sur l'un des murs de mon bureau, il y a un grand tableau magnétique. Je l'ai installé après avoir vu la série *Homeland*, mais jusque-là, je n'y ai accroché que des pense-bêtes, des photos de mes filles, des numéros de téléphone que je n'ai jamais composés. J'enlève tout. Je cherche un portrait de Grace Hopper (avec vernis à ongles), je l'imprime et je l'accroche au centre du tableau. Juste à côté, je mets une photo de Boris, puis des images de jeunes hommes entre eux, dans la guerre, le rock, un vestiaire, une boîte, une chambrée, une salle de garde, un bar, une cité.

Je sais bien que je n'ai ni meurtre ni coupable à trouver mais j'ai un mystère à élucider. Je me prends pour Carrie Mathison (l'héroïne de *Homeland*), j'espère voir à force de regarder. J'adopte des poses de profileur, jambes légèrement écartées, bras croisés, tantôt concentrée tantôt distraite. Son tableau à elle est en liège et je lui envie le geste de punaiser rageusement de nouveaux éléments ;

c'est plus vif que de faire glisser des aimants. Plus silencieux aussi.

Les écrivains ont déjà bien à faire comme ça pour ne pas en plus se mêler de technique et de science. Flaubert n'écrit pas sur la machine à vapeur, Proust ne cherche à comprendre ni l'électricité ni le téléphone. J'aime les métiers, j'aime les expertises (sans doute ai-je le sentiment de n'en avoir aucune). J'imagine ma grand-mère débarquer dans une usine de téléviseurs, exiger qu'on lui explique comment ça marche, et menacer de ne pas bouger tant qu'on ne le lui aura pas expliqué. Mais là, c'est différent. Ni la machine à vapeur ni le téléphone ne produisent de signes, aucune de ces inventions ne vient grossir la flotte graphique sur laquelle les humains transportent leur savoir, leur pensée, leur langage. Le code, ce sont des signes sous les signes, du langage avant, sous le langage, proto, infra, méta, comme on voudra. Une écriture qui précède l'écriture. Sous les claviers qui cliquettent, les doigts virtuoses, jaillissent une algèbre véloce, une grammaire multicolore, de vieilles polices de machine à écrire comme d'avant l'ordinateur, des signes de ponctuation, des caractères spéciaux, une langue vivante qui pourtant ne se parle pas. Une écriture qui succède à toutes les écritures au sens où elle les utilise toutes, les mélange, les combine, lettres, chiffres, tout.

On ne dirait pas comme ça mais le code fait la synthèse, c'est la troisième révolution graphique. Des révolutions, il y en a une tous les deux mille ans à peu près : la première invente l'écriture des langues (en –3300), la deuxième celle de la monnaie frappée en –620 (les nombres), et la troisième date de 1936, c'est le code qui traduit les lettres en nombres (même si c'est plus compliqué que ça). Tous les deux mille ans, c'est une scansion anthropologique qui balaie tout sur son passage, accroît la civilisation, la propulse en avant.

Les écrivains écrivent, les codeurs écrivent. Selon les jours, je les vois jouer un morceau à quatre mains, harmonieux, paisible, ou disputer un match enragé. Je vois le codeur plus inspiré que l'écrivain ne le sera jamais, obsessionnel, rivé à son ouvrage, promis à une nuit de feu perpétuelle qui produira des actions utiles au reste de l'humanité. Je vois l'écrivain accepter que son texte se fasse encoder (sertir dans des chaînes de caractères puis traduire, diviser, subdiviser), que ce qu'il soigne et compose devienne sous les doigts du codeur une sorte de logorrhée, de coulée numérique sans odeur ni saveur ni beauté particulière.

On me trouve naïve, trop sensible aux images, aux clichés des films américains, ce à quoi je réponds, mais c'est vous qui ne les voyez pas ces jeunes hommes qui communiquent avec un puits sans fond, outre-monde, au-delà, dark web, outre-tombe, ou avec Dieu, comme les membres fanatiques d'une yeshiva sans fenêtres (où on ne lirait pas mais où on écrirait) qui chercheraient à refonder les écritures pour verrouiller leur dialogue muet, inverser l'ordre des choses, qui sait, que Dieu fasse enfin ce qu'on lui demande. Deus *in* machina.

Dans *Le Disparu* (*Amerika*), le héros de Kafka erre dans les coursives du bateau au moment de débarquer à New York. Dans son dédale, il égare un coup sa valise, un coup son parapluie, et, par chance, tombe sur le soutier préposé à la salle des machines. Le jeune homme et le soutier se lient d'une si forte amitié qu'au moment de se séparer, leurs doigts s'entrelacent d'une manière déchirante.

Autrefois, la soute servait à stocker les provisions et le combustible d'un navire, le charbon qui alimentait les moteurs. J'ajoute à mon tableau une image de soutiers au fond d'une cale et, juste à côté, une salle de code. Désormais, les soutiers ont les mains blanches, des doigts agiles, alertes, capables de produire des millions de lignes pour que les machines du monde tournent sans relâche. Nos textes quand ils s'affichent sur l'ordinateur s'écrivent sur un millefeuille d'autres textes écrits par d'autres mains. L'idée de palimpseste a toujours enchanté les écrivains, mais de ce palimpseste-là, ils ne parlent pas.

Les gens du pont ne savent pas ce qui se passe dans la soute quand les soutiers, eux, savent bien ce qui se passe sur le pont, mais les soutiers préfèrent rester dans le noir, faire avancer le bateau et laisser les autres deviser sur le paysage. Mais alors si tout le monde est content, quel est le problème ?

Je suis une femme, j'ai plus de cinquante ans, je suis écrivain et je veux apprendre à coder. Mes proches se moquent de moi, me rappellent que je panique au moindre bug. C'est vrai. J'ai toujours peur que la machine chauffe, implose, s'éteigne, et que dans cette extinction, elle emporte ma mémoire, mes textes, qu'elle me laisse en carafe avec des souvenirs foudroyés. C'est un syndrome récent chez moi, je m'attends toujours à ce que quelque chose explose et, quand je suis en voiture, qu'un choc terrible me percute, même sur une route tranquille. Soudain, l'air, le temps se compressent, avec toute mon existence dedans. En quelques secondes, je visualise mon corps qui s'écrase, s'enroule jusqu'à s'étrangler. Par où commencer ?

Quelques jours après le déjeuner sur la terrasse, je m'apprête à envoyer un message à Boris. Je le réécris dix fois, je l'efface, je recommence. J'ai bien conscience d'enfreindre l'étagement des générations. Ce sont normalement les enfants qui demandent des services aux amis de leurs parents, pas l'inverse. Je lui envoie mon message, j'espère qu'il n'en parlera pas à son père. Quelques heures plus tard, il me renvoie deux longs textos. Il évoque des sites d'apprentissage, des conseils de méthode, préconise Python. Comme je dois tout relire plusieurs fois, je n'insiste pas, je ne vais pas en plus l'obliger à m'expliquer qui que quoi. Il ajoute qu'il est très pris, n'a pas le temps de me donner des cours, mais qu'il pourrait demander à son entourage. C'était une mauvaise idée, exit Boris. La nuit même, je rêve de lui, son visage rayonne, calme, puissant, puis ses traits se brouillent sur un air de Mozart qui me réveille en sursaut.

Je n'ai plus qu'à chercher une formation sur Internet. Je trouve des écoles aux noms motorisés (La Capsule, Le Wagon) où on vous apprend à « coder en six semaines », où « on booste vos compétences pour le monde de demain », où on vous dit que « l'avenir commence ici » et que vous pouvez « changer de vie » pour quelques milliers d'euros. Il y en a toute une palanquée de ces parcours héroïques à portée de main.

Je dis « vous » mais en réalité, on me tutoie d'emblée. Dans les formulaires de contact que je remplis, je mens allègrement, je ne peux pas avoir plus de trente ans. Je me vois comme Bette Davis grimée en vieille petite fille dans *Qu'est-il arrivé à Baby Jane ?* Je pense à *Yentl*, la fille qui pour apprendre le Talmud se déguise en jeune homme. Dans les deux cas, je suis pathétique.

J'enchaîne les vidéos, des débuts de tuto où des garçons parlent aussi lentement qu'ils tapent vite, très dis-tin-cte-ment comme s'ils craignaient d'effrayer le chaland. Entre la vitesse de leurs doigts sur les claviers et la lenteur de leurs phrases, il y a tout l'espace du commerce. Jusque-là, ils n'ont vraiment rien d'épatant. JavaScript est LE langage, disent-ils, celui qui recrute, qui ouvre toutes les portes, le front, le back end. D'autres annoncent que c'est Ruby, Python, etc. Je pourrais là encore me dire que c'est un marché comme un autre et passer mon chemin, mais non.

Quelqu'un me parle de l'école 42. J'ai dans mes contacts un vieux mail de Xavier Niel, je ne le connais pas mais je tente le tout pour le tout, je lui écris. Il doit recevoir des centaines de messages par jour, me prévient-on, et n'en lire que dix tout au plus et encore, ses bataillons d'assistants font le tri. Une heure après, il me met en contact avec la directrice de l'école. J'y vois un signe du destin, ou plutôt d'un étonnement de sa part, tiens, tiens, pourquoi un écrivain dans son genre s'intéresse-t-il à 42 ? J'écris à la directrice.

C'est sûrement une femme très occupée, qui, avec toutes les filiales de l'école à travers le monde, doit passer son temps à voyager mais qui elle aussi me répond rapidement. Sophie ne souhaite pas me laisser observer ses élèves, il y a eu trop de journalistes, trop de tracas, d'accusations. Je lui promets que mon observation est d'un autre ordre. Je ne vise pas le reportage mais elle ne change pas d'avis. En revanche, elle me propose de déjeuner avec elle et de me faire visiter les lieux. Je prends.

Quelques jours plus tard, j'attends Sophie dans le hall de l'école. Je n'en mène pas large, je me sens débarquer d'un très vieux monde. Je me cache derrière les plantes vertes. À travers les baies vitrées, j'aperçois les dos voûtés et les capuches, comme prévu. Puis Sophie apparaît, essoufflée. Discrètement, je prends une photo d'elle. C'est une grande blonde tonique, rien d'une geek, mais dès qu'elle parle, sa gouaille est celle d'une fille qui a grandi au milieu des garçons, volubile, imagée, légèrement potache.

À 42, c'est le C++ qu'on apprend, un vrai langage de codeurs dit de bas niveau, plus près de la machine que de l'homme, inventé dans les années 1970 et toujours incontournable, dit-elle, tout en me faisant visiter l'école au pas de charge. On longe des rangées et des rangées d'ordinateurs sur trois étages. On croise aussi des duvets abandonnés par terre, des serviettes de toilette qui sèchent sur les rambardes de l'escalier, et, bien sûr, des dizaines et des dizaines de garçons. Dans cette immense chambrée, j'éprouve une pointe de malaise et d'excitation, soudain, je vois des corps endormis, je sens des odeurs de peaux, de cheveux, des effluves de savon et de transpiration.

Sophie me confie qu'adolescente, elle était misogyne, « toujours fourrée avec les mecs ». Elle a bien changé, aujourd'hui, elle pousse les filles à coder, il y en a désormais 30 % dans l'école (ce qui ne se voit pas à l'œil nu).

Une fois à table, je lui expose mon projet.

– Tu dois tenter la Piscine, répond-elle.

Je m'étrangle sur un morceau de pain. La Piscine est une épreuve qui dure un mois. C'est à la fois un concours et un marathon de code. Un tiers des candidats sont admis, un tiers abandonne à mi-chemin, un tiers dès les premiers jours. On doit faire les exercices seul ou avec ses voisins (il n'y a ni cours ni profs), travailler dix heures par jour, week-ends compris, souvent dormir sur place (sur des matelas gonflables). Je regarde Sophie d'un air abasourdi.

– Quoi, tu crois que tu es trop vieille pour ça ? Que ce n'est pas pour toi ? dit-elle. N'importe quoi !

Et si elle avait raison ? Je rêvasse aussitôt : je changerais de monde, je quitterais la littérature, je ferais du code (dit comme ça, on entend quelque chose entre faire du ski et faire du fric), je deviendrais un petit phénomène, j'imagine déjà les formules éculées, « Roman du code ou code du roman ? », « Le code à la lettre », « Le code comme langue mère », « La codeuse de plus de cinquante ans », « Il n'est jamais trop tard pour apprendre à coder », etc. Je souris bêtement. Sophie est galvanisante, elle convaincrait un mammouth.

En rentrant, je me précipite sur le site de 42, je consulte les modalités d'inscription pour tenter la fameuse Piscine. Je dois déposer une candidature, être à la hauteur des encouragements de Sophie sinon à quoi bon ? Mais je regarde les tests et je n'y comprends rien. Il me faudrait déjà un cours pour comprendre ce qu'on me demande. Je consulte des sites, des tutos, mais 42 a dû nettoyer le web, chasser les messages d'aide pour empêcher la triche. Rien ne m'éclaire.

Sophie m'avait justement suggéré de m'inscrire en créant plusieurs adresses mail, tu vas forcément échouer mais il faudra insister. J'imprime sa photo et je l'accroche à mon tableau. Elle a quelque chose de Carrie Mathison dans *Homeland*.

Je crée Olga Lisboa, le nom de jeune fille de ma grand-mère, je lui donne vingt-trois ans. Dès le premier test, la petite Olga est submergée par ces carrés verts et rouges qui se déplacent et se subdivisent sous ses yeux, elle panique, elle pianote au hasard, on dirait une petite vieille. Quelques jours plus tard, Olga reçoit un message de 42. Exit Olga.

Je crée Adèle Grumberg, le nom de la meilleure amie de ma mère. Même destin. Puis Raymond Ghostine, le mari d'Adèle, idem. Ensuite, je crée Arlette Kreeger, ma tante disparue trop tôt, Dolly Acobas, une autre de mes tantes. Je change de sexe, je crée Alain Doboin en hommage à mon beau-frère. Puis emmanuele.bernheim @gmail.com. Je ressuscite tous mes morts chéris, mais hélas 42 les tue une seconde fois. Je ne crée pas d'adresse au nom de mes parents, je ne supporterais pas de les voir mourir à nouveau. Je laisse passer quelques jours avant de reprendre mes tentatives funestes et fatigantes.

Je crée marcel.proust@gmail.com, mot de passe *Combray*. Marcel se prépare un thé, s'assoit à une table, éteint son téléphone, se concentre. Il commence la première épreuve qui teste la mémoire visuelle via des carrés de couleur qui se multiplient et se réduisent de manière exponentielle. Alors que tous mes morts s'y sont pris les pieds, lui reste calme et se voit gratifié de « well done ». C'est la moindre des choses qu'il ait une bonne mémoire visuelle. Mais au deuxième test, il sombre et reçoit le même message qu'Olga, Adèle, Raymond, Arlette, Dolly, etc. Exit Marcel.

Je crée franz.kafka@gmail.com, mot de passe *Amerika.* J'ai bon espoir que Franz qui s'y connaît en dédales fasse un meilleur score que Marcel mais il sèche juste un peu après. Quelques jours plus tard, lui aussi a droit à son petit message navré de 42.

J'imagine tout ce beau monde pester, se dire quand même, pourquoi est-ce qu'on n'y comprend strictement rien ? Nous ne valons pas moins que ces jeunes gens incultes. Il faut absolument écrire là-dessus, disent-ils. Qui s'y collera ?

Pas moi.

Ni moi.

Alors moi.

Je recommence à lire des blogs. La plupart sont écrits dans un mauvais français, bourrés de fautes, de *t* et de *s* mal placés. On peut soutenir une activité cérébrale intense et être illettré. Évidemment, mais au lieu de le déplorer, j'y vois une sorte d'état de fait, comme si les codeurs avaient admis que le langage humain était devenu secondaire. Ils ne font même pas semblant, n'accordent plus rien convenablement, laissent la langue partir à vau-l'eau tandis que l'autre langue, celle qu'ils pratiquent, elle, ne souffre aucune entorse, aucune inexactitude, pas la moindre petite virgule mal placée. Et ça ne dérange personne, même pas moi à vrai dire. Nos deux illettrismes se regardent en chiens de faïence.

À lire tous ces blogs, le code s'impose comme une révolution anthropologique, légèrement eschatologique, où la sélection opère de manière drastique. Seuls quelques-uns survivront, qui sauront s'adapter puisque la technologie provoque des obsolescences tous les deux ans. Sans compter que les codeurs ont le privilège d'allier la passion et les revenus. Boris vit bien de ce qu'il adore faire, le chanceux, disait son père, alors qu'un jeune écrivain habite une chambre de bonne et court les résidences d'écriture, les bourses, les maigres cachets de festival. Le jeune écrivain se rêve en grand écrivain, un peu maudit d'abord, puis traduit en vingt langues. Il préfère dire « je suis écrivain » que « je suis développeur ». Moi, si j'avais un fils, je préférerais que ce soit Boris. (Chaque fois que son prénom revient, il est suivi d'une traînée scintillante qui me laisse un peu rêveuse.) Quand le jeune écrivain rêve de gloire, Boris rêve d'impact. C'est Pierre qui a prononcé le mot au moment où le déjeuner s'achevait. C'est comme ça que le père célèbre l'action du fils sur le monde, en insinuant que l'impact se mesure. Nous nous sommes regardés, interloqués, car chez les lettrés, c'est un mot maudit, surtout le verbe *impacter*, un tic de technocrates que nous n'aimons pas et auquel nous opposons instantanément tous les verbes dont le français dispose, *altérer, affecter,* qui soudain semblent faire des manières. Alors quand Pierre le dit, c'est sciemment. Encore une façon d'invalider le rêve de l'écrivain – dont la gloire est aussi narcissique que volatile –, et de promouvoir une gloire supérieure, tangible, qui, elle, ne se paie pas de mots. Pierre dit que Bill Gates a plus d'impact que Proust ou Monet. Les autres se récrient mais moi, je souris, je ne m'indigne pas, Pierre est le père de son fils, il a bien appris sa leçon. J'ajoute une image de Rimbaud et Verlaine à mon tableau, la photo d'un jeune écrivain contemporain, tous trois font pâle figure à côté des autres jeunes hommes (ils semblent faire des manières).

On me propose des tutos, des essais gratuits, mais je recule, je ne veux pas voir les entrailles de l'ordinateur, tout ce qu'on ne voit pas, qui ne doit pas être vu au risque de vous faire errer comme Orphée. Tous ces split screens me paniquent. Le dark mode (le fond de l'écran devient noir) est un truc pour ne pas avoir mal aux yeux, me dit-on, rien à voir avec de quelconques ténèbres ou abysses, du calme, ma bonne dame.

Je n'avance pas. Je demande encore conseil, cette fois à quelqu'un de mon âge qui me dit, tu ne peux pas te lancer comme ça dans le code, tu dois d'abord avoir une initiation à la logique informatique, les trucs de base. Comment n'y ai-je pas pensé plus tôt? La jeunesse me tourne la tête. Je dois maintenant me trouver un professeur particulier qui m'explique les rudiments.

Sur un site spécialisé, je passe en revue les dizaines de professeurs possibles, là encore tous âgés de moins de trente ans. De loin, on pourrait penser que c'est un site de rencontres, car tous les candidats y sont avenants, pleins d'allant. Je devrais choisir un garçon d'autant qu'ils sont dix fois plus nombreux, mais je n'y arrive pas, j'ai peur. Je m'attarde sur les quelques filles qui proposent leurs services. J'hésite entre Gabriella, Marine, mais il y a aussi Leïla et Chris. Pour finir, je choisis Chloé. Elle a un sourire plus doux que les autres, moins commercial.

Le mot soutier n'a pas de féminin.

## Chloé
(Quatre leçons)

### Leçon nº 1

Je rencontre Chloé dans un café à l'heure du déjeuner. L'endroit est bondé, très bruyant. Les présentations sont rapides. On s'installe à la seule table qui reste, face à l'entrée, en plein courant d'air. Nous sommes l'une à côté de l'autre comme dans les films français des années cinquante, l'ordinateur devant, entre nous. De l'air vif nous arrive toutes les minutes, je suis déjà en nage, je m'emmitoufle, j'ai l'air d'une grand-mère.

Chloé a une vingtaine d'années et pourrait être ma fille. Elle a des cheveux mi-longs, un air sérieux, pâle, un physique austère typique de ces filles ingénieures qui semblent toujours préférer le noir et blanc à la couleur.

Chloé est très civile. Elle ne me prend pas du tout de haut, elle ne me fait pas sentir mon âge, on dirait même qu'elle ne le voit pas. Il n'y a pas la moindre ironie dans sa voix, d'ailleurs il n'y a rien dans sa voix, ni accent ni relief, tout s'énonce sur le même ton. Aucune question ne la désarçonne ; elle prend chaque fois un petit temps et elle répond clairement comme si elle avait déjà anticipé. Elle n'est guidée que par l'exactitude, la précision, une forme de réflexion séquentielle qui optimise toujours le volume de mots prononcés eu égard à l'information à donner. Ce doit être le genre de fille qui ne commère jamais, ne dit jamais de mal de personne. Ses énoncés sont dénués de mousse, de tics et de fioritures, bref de tout ce qui forme le duvet et le bien-être d'une conversation. Je suis d'abord mal à l'aise, je bégaie, je me dis que les sciences apprennent finalement à mieux s'exprimer que les lettres, si tant est qu'on aime l'épure, ce qui est mon cas, mais que l'épure a des limites. Néanmoins j'éprouve pour elle une sympathie immédiate.

Elle commence par me raconter l'histoire de l'informatique, remonte le cours des siècles, évoque les abaques, les bouliers, les Mésopotamiens. Ses slides sont simples, bien conçues, elle a l'habitude. Toutes les trois ou quatre phrases pourtant, je me demande ce que je suis venue faire ici, dans cette brasserie pleine de courants d'air et de cris, puis j'opine du chef, je souris machinalement. Je ferais mieux d'être chez moi à lire *Anna Karénine*. Si je continue comme ça, je ne le lirai jamais et ce sera dommage. Pourquoi ne pas me contenter de ma propre culture, approfondir ce que je connais déjà, l'augmenter, au lieu d'aller fureter là où je n'ai ni capital ni avenir ni rien ? là où je peine, où je prends le risque de couler, de perdre toute confiance et de m'épuiser en vain ? Reviens à tes moutons, me dis-je (les rares amis à qui j'en parle aussi), le roman, le dix-septième, le cinéma, n'importe quoi mais pas ça. Reprends ton texte en chantier sur Mme de Lafayette qui débarque en Amérique. Ou bien enquête sur des domaines que tu peux comprendre et dépeindre, la justice, la politique, l'école, l'hôpital, le féminisme, des trucs qui intéressent le public, quoi. Oui mais non, les histoires normales ne m'intéressent plus pour l'instant, les sentiments, la famille, l'amour, l'art, tout me tombe des mains. Tu cherches à te distinguer, à faire ta maligne en somme ? Non. C'est comme de dire à un plongeur d'aller nager au bord d'une plage. Je me penche sur toutes ces questions du haut d'un ciel sans affects qui me donne à la fois du surplomb et de l'indifférence pour tout ce qui touche mes pairs – et moi jadis. Mais c'est une indifférence plaisante, une sorte de ouate à travers laquelle je regarde mes vieux moutons aller à l'abattoir, la fin du monde approcher. Décidément non, je ne peux plus écrire de romans sans comprendre un tant soit peu ce nouveau monde. Les codeurs, eux, sont optimistes. À défaut d'aimer la vie, ils aiment le futur, l'avenir commence ici. Très bien, alors écris un biopic, l'histoire d'un codeur qui fait fortune, ce sera romanesque, les gens aiment ça. Non, je veux comprendre *comment ça marche*.

Je me concentre sur ce que dit Chloé, son air sérieux, son phrasé sans à-coups, sa voix grave. Je m'entends murmurer, je voudrais apprendre un peu de Python.

Elle ne pouffe pas de rire quand je dis « Python » alors que moi, j'ai l'impression de singer les paroles d'un caïd ou d'une rappeuse, ou pire, de lâcher un truc obscène, putain mais Python quoi !

Je ne sais pas si elle a entendu, je dis Python plus fort, elle acquiesce. Ce sera le nom de mon initiation, animal exotique et dangereux (en fait, pas tant que ça) qui rampe, s'infiltre et se déploie.

Je mélange tout. Je cite David Bowie qui, dès 1999, déclare qu'Internet va changer la société d'une manière inimaginable, c'est l'adjectif qu'il emploie sur un ton oraculaire, *inimaginable*. Comme si Chloé ne le savait pas mais en 1999, Google n'a encore qu'un an, comme Chloé, comme ma fille, alors que moi, j'en ai déjà plus de trente. Ce qui semble inimaginable aux uns ne relève même pas de l'imagination pour les autres puisqu'elles naissent avec, de plain-pied, déjà dedans. Chloé acquiesce encore poliment. Je ne vais quand même pas lui servir le couplet qu'avant il fallait trouver ses références tout seul, qu'on devait sortir, aller en bibliothèque, consulter des pages et des pages, par pitié. Elle reprend le fil de ses slides.

Quand je l'écoute, je vois du code pousser sous toutes les surfaces du monde, le menu, la table, les banquettes, le zinc, le percolateur, la caisse, le feu rouge à l'extérieur. Le sol devient surface de verre sous laquelle j'aperçois les lignes de code. Je me figure des masses touffues, velues, qui chaque fois que je soulève une chose, une action quotidienne, acheter un billet de train ou une place de théâtre, prolifèrent sous la pierre comme des mousses, des fourmis. Je fais une expérience mentale, je supprime le code comme on éteindrait l'électricité dans le monde entier et tout plonge dans le noir, la faim, le froid. Rien de bucolique ne se profile, aucune vision champêtre, seulement la guerre, la désolation, l'apocalypse. Je lis dans les journaux que dans plusieurs pays, on entraîne les populations à vivre sans technologie pour évaluer le temps pendant lequel elles n'en subissent pas les conséquences. On appelle ça « la durée de résilience nationale ». Les Français ne tiennent qu'une demi-journée, l'armée fixe l'objectif à trois jours mais qui peut vivre aujourd'hui trois jours sans code ? (Même dans les fermes les plus reculées, on utilise quotidiennement des machines-outils électroniques et des panneaux solaires. Henry David Thoreau lui-même en utiliserait aujourd'hui.)

– Pour faire marcher un Airbus A380, dit Chloé, il faut un million de lignes de code, alors que pour l'A320, seulement 100 000.

Elle ajoute que lire un million de lignes de code équivaut à lire quarante romans épais. Je me demande où elle trouve toutes ses analogies. Quarante romans épais, c'est tellement énorme que je doute d'en avoir lu autant à la fin de ma vie. Si au moins je commençais par lire *Anna Karénine*, il ne m'en resterait plus que trente-neuf.

Je sors épuisée de ce premier cours qui a duré deux heures et pourtant je sifflote. Pour la première fois depuis très longtemps, je me sens remise dans le bon sens, je ne pense plus à Tolstoï, au passé, au vieux monde. Je n'ai plus de torticolis, ma nuque s'allonge, se redresse avec l'arrogance du futur.

Je ne parle de mes leçons particulières à personne. On me demande ce que j'ai fait dans la journée, je mens comme si j'avais un amant. Je griffonne des Post-it que j'enfouis aussitôt dans mes poches avec des questions pour Chloé.

Sur mon mur, je mets une photo d'elle prise sur le site de professeurs particuliers et la couverture d'*Anna Karénine.*

Je revois Chloé deux jours après dans le même café.

## Leçon n° 2

Nous nous asseyons à la même table que la dernière fois. Je sors un de mes Post-it. Je veux savoir ce que Chloé pense des gens qui ne savent pas coder. Selon elle, c'est un artisanat comme un autre. Je lui oppose que c'est un artisanat dont dépendent toutes nos existences. Pas plus que de la menuiserie ou de l'ébénisterie car nous avons aussi besoin de meubles pour vivre, dit-elle. Bien sûr… Je ne sais si sa modestie est sincère, purement rationnelle, ou si elle cherche juste à me rassurer.

– On y va ? demande-t-elle.

– On y va.

Elle fait un clic droit sur la page de Google.

– C'est le code source, dit-elle.

Me voilà en train de répéter le code source, le code source, comme une formule magique. Il suffisait donc de soulever les pierres.

– On peut accéder à n'importe quel code source de n'importe quelle page affichées à l'instant *t*, précise-t-elle d'une voix atone.

Elle ne mesure pas l'effet que ça me fait d'ouvrir le code car je me contiens. Pour elle, c'est un simple réflexe professionnel, elle regarde le code source de tous les sites qu'elle fréquente, alors que pour moi, c'est comme voir l'envers du monde, descendre au centre de la terre, ouvrir un corps.

Dans la foulée, Chloé m'emmène voir plusieurs codes sources de plusieurs pages mais attention, dit-elle, les codes sources de Google, Facebook ou Windows ne sont pas accessibles. On ne voit que des pages. Ça m'est égal.

Windows 11 tient sur environ 100 millions de lignes de code, Facebook sur 62 millions et Google sur 2 milliards. D'ici la parution de ce livre, les chiffres auront encore augmenté puisque chaque programme aura encore gagné en fonctionnalités. Elle m'apprend qu'on peut archiver les codes sources sous les glaces de l'Arctique, là où a priori il n'y a ni peuplement ni guerre possible, là où les codes pourront être préservés des milliers d'années. Du code glacé pour la postérité. Je vois désormais du code pousser jusque sous la banquise, là où il ne peut plus y avoir ni mousses ni fourmis, où tout est blanc sur blanc. Des milliards de signes verts, bleus, rouges s'incrustent dans les cristaux de neige. C'est grandiose. (Je ne visualise pas l'image d'après, les mêmes milliards de signes flotter à la surface des eaux fondues de la banquise, comme des pâtes alphabet à la surface d'un bouillon.)

Le code stocké étant toujours plus long que la page qui s'affiche, je demande à Chloé de calculer le ratio entre les deux (combien de signes cachés pour combien de signes affichés ?). Elle me dit que c'est variable, que ce ratio n'est pas significatif. Mais j'insiste, car pour une chose qu'on voit, il y a toutes celles qu'on ne voit pas, comme si quantifier ce qui se passe à notre insu y changeait quelque chose. « Pour une personne qui code, il y en a dix qui s'agitent. » La technique a certes toujours aimé cacher ses mécanismes, ses moteurs, sceller ses boîtes noires, donner à ses objets une puissance magique pour en rendre l'usage désirable et merveilleux, mais jamais à ce point. Dans l'iPhone 13, par exemple, 15 milliards de transistors font des billions de calculs par seconde. On peut désormais fabriquer des transistors d'une taille d'environ 9 nanomètres. Si on réduisait un ballon de foot à 1 nanomètre, la Terre aurait la taille d'un ballon de foot normal. Je devrais entrer dans le détail d'un transistor, comprendre, expliquer, car la miniaturisation donne le vertige mais non. Tout était plus simple quand les ordinateurs occupaient des pièces entières où tournaient bruyamment des masses de calculs lents. Pierre Michon écrit dans un de ses livres au sujet d'une photo de Faulkner que celui-ci y a vu l'éléphant, c'est-à-dire le feu du front, la mort, le grand mystère. Mais aujourd'hui, si grand mystère il y a, il gît plutôt dans une puce invisible à l'œil nu et dont les capacités (calcul, stockage, signal) doublent, selon la loi de Moore, tous les dix-huit mois. (L'histoire de l'informatique emprunte souvent au Guinness des records.) Les éléphants sont devenus des puces.

À cette question du ratio entre le code source et la page affichée, Chloé cherche la réponse la plus juste possible. Je la vois qui se concentre, s'ajuste. Les littéraires parlent quand ils réfléchissent et disent d'ailleurs sans scrupule qu'ils « pensent à haute voix », c'est l'expression consacrée, quand ils ne disent pas qu'ils « disent n'importe quoi ». Moi-même, je le fais constamment. Les scientifiques, eux, préfèrent adopter le silence jaloux d'une machine qui mouline, ne jamais vocaliser ce n'importe quoi.

Bon, propose enfin Chloé, si tu veux, on peut compter les scrolls sur le site de Booking (ce qui revient à scander l'affichage d'un mouvement de doigts pour faire défiler l'écran). Pour 10 scrolls, elle trouve 430 lignes de code source. Or si l'ensemble en compte 5 721 (elle fait une estimation rapide sur son écran), ça nous fait 133 pages affichées, soit 1 scroll ou 1 page affichée pour 43 lignes de code. Si on considère qu'une page affichée compte une petite dizaine de lignes, ça fait un ratio de 4,3. Elle dit que ce peut être beaucoup plus et me donne d'autres exemples qui en effet font considérablement gonfler ce ratio qui, elle avait raison, ne signifie rien.

– Voyons plutôt la base de cet écart, poursuit Chloé, et de ce qui t'importe à toi, le langage.

J'acquiesce.

– Si on prend le mot « José », la machine ne peut pas le comprendre. Elle ne comprend pas nos caractères, il lui faut les siens.

Nous y sommes. À la racine du delta, là où les deux langues ou plutôt les deux alphabets, celui des hommes et celui des machines, divergent. Il faut traduire cette chaîne de caractères en signes que l'ordinateur puisse comprendre, la réencoder.

Chloé écrit :

`J-o-s-é= J\u2010o\u2010s\u2010e\u0301`

En Unicode, ajoute-t-elle, ça fait 8 points de code, chaque lettre, plus les tirets entre, notés `\u2010`, et l'accent aigu noté `\u0301`.

On peut aussi l'avoir comme ça :

4A 6F 73 E9

(Je ne me fais pas d'illusions et je sais que sitôt après avoir lu ou sauté ces lignes – et encore, j'ai simplifié –, certains lecteurs refermeront le livre, à quoi bon vouloir savoir ce qui se passe dans la soute quand on peut admirer le paysage depuis le pont ? Et qui suis-je donc pour les en dissuader ?)

Plus de 95 % des sites du monde entier utilisent cet encodage Unicode pour les caractères de l'alphabet. Avec un répertoire de 150 000 caractères, il permet de gérer le plus simplement possible des textes et leurs traductions dans tous les alphabets du monde. Cyrillique, arabe, hébreu, hindi, japonais, tout. Bêtement, j'ai envie de rétorquer qu'après toutes ces décennies et au lieu d'inventer des systèmes aussi complexes, les programmeurs auraient pu se débrouiller pour que la machine comprenne les mêmes caractères que nous. Ils doivent le faire exprès pour garder jalousement leur trésor et leurs prérogatives. Chloé me dit que justement l'I.A. (l'intelligence artificielle) s'acquittera de cette tâche, mais ce n'est pas pour demain, ajoute-t-elle, les codeurs ont encore de l'avenir.

Avec cette histoire de ratios, je comprends un peu mieux pourquoi il faut des mois, voire des années, pour coder tout un programme. Pourquoi les codeurs codent nuit et jour, pourquoi Boris ne déjeune jamais, pourquoi ce qui se voit n'est que l'arbre qui cache la forêt, l'immense forêt, la partie émergée de l'iceberg, que sais-je ? La langue du code est par essence surnuméraire car, en plus des caractères, elle doit coder chaque bifurcation logique, suivre toutes les branches de l'arbre des décisions qui président à nos actions. C'est ce que fait l'algorithme avec sa toute-puissante logique conditionnelle. La langue qui code doit inclure dans ses doublures et ses plis le choix adopté, ainsi que tous les choix concurrents, ceux qui auraient pu être adoptés et qui ne le seront pas ce coup-ci, mais une autre fois, ou cette fois mais par d'autres, etc. C'est comme si, dans le langage courant, en parlant, en énonçant quelque chose, j'énonçais aussi toutes les alternatives, les négations, les dilemmes, les cas limites, tout l'arbre, tous les possibles qui ont présidé à l'énoncé d'une seule action (la moindre hésitation, la moindre incertitude devient prévisible).

On imagine le volume, on voit la galette gonfler comme une génoise légère, aérienne. On comprend mieux aussi le galop qui doit animer tout ça. L'entreprise de traduction est sans limites, le code produit du code, toujours plus de code. Si coder coder coder s'entend d'abord par la quantité produite, on peut lui ajouter un volet qualitatif : coder coder coder, c'est embrasser plusieurs strates de transcription, coordonner plusieurs stades, du langage de programmation le plus élaboré au binaire le plus basique. Comme la princesse au petit pois, allongée sur ses vingt matelas et sensible au moindre bug.

Si José s'écrit déjà :

`J\u2010o\u2010s\u2010e\u0301`

Ou, si on code chaque caractère, 4A 2D 6F 2D 73 2D E9, imaginez que José parte visiter de lointains pays, décrive ses rêves ou raconte son enfance par le menu.

Par curiosité, je demande à Chloé d'encoder « Longtemps, je me suis couché de bonne heure. » qui devient :

4C 6F 6E 67 74 65 6D 70 73 20 6A 65 20 6D 65 20 73 75 69 73 20 63 6F 75 63 68 E9 20 64 65 20 62 6F 6E 6E 65 20 68 65 75 72 65

La première phrase de Proust ne ressemble plus à rien : elle semble aléatoire, instable, totalement contingente.

La voici maintenant en binaire :

```
01001100 01101111 01101110 01100111
01110100 01100101 01101101 01110000
01110011 00100000 01101010 01100101
00100000 01101101 01100101 00100000
01110011 01110101 01101001 01110011
00100000 01100011 01101111 01110101
01100011 01101000 11101001 00100000
01100100 01100101 00100000 01100010
01101111 01101110 01101110 01100101
00100000 01101000 01100101 01110101
01110010 01100101
```

On est à la limite de la carte perforée (trouée/pas trouée).

C'est Grace Hopper, encore elle, qui, en 1951, imagine le début de ce millefeuille en créant le premier « compilateur », un système qui permet de convertir le code en séries binaires pour que la machine l'exécute. Grâce à elle, les codeurs comprennent qu'ils pourront écrire des programmes en listant des sous-programmes qui les éloignent du codage binaire. Ils n'auront plus jamais à entrer eux-mêmes dans la machine les 0 et les 1. C'est un truc d'évolution classique, on se libère du basique, du mécanique, on se civilise, on pense à un niveau supérieur. Mais il ne faut jamais oublier ces séries de 0 et de 1 qui, parce que c'est la simplicité même, peuvent tout accueillir, tout encoder.

C'est Leibniz qui invente la base binaire (on dit la base 2), inspiré par un système de numération chinois. Avant lui, l'Anglais Francis Bacon y avait déjà pensé, mais Leibniz y voit une manière de traduire l'idée chrétienne de création *ex nihilo* : 0, ça n'existe pas, 1, ça existe. (Deus *in* machina.) 1 se note 1, 2 se note 10, 3 se note 11, 4 se note 100 ; 5, 101 ; 6, 110 ; 7, 111, etc. La plus grande des hospitalités relève de l'enfermement : quand on est en base 2, on rêve du chiffre qui viendra rompre l'uniformité et qui n'arrive jamais. Et encore ce ne sont même pas des chiffres, juste des signaux, allumé/éteint, on/off, 0, le courant ne passe pas, 1, le courant passe. Toute l'information du monde se code grâce à ça, à ces deux chiffres qui ne comptent rien. C'est incroyable.

Le point ultime du code machine serait de rejoindre le code humain, que les langues artificielle et naturelle convergent, qu'on code comme on parle. Ça n'a peut-être rien à voir mais Monet aussi voulait peindre comme on voit, Woolf écrire comme on se parle, on invente des codes et on les destitue, l'art avance comme ça.

Avec Grace Hopper, le codeur accède à l'abstraction et modifie sa façon d'écrire. Le compilateur A-0 déclenche une énorme prolifération de langages dont tous les langages modernes découlent. Grace devient Amazing Grace, du nom d'un célèbre cantique chrétien, c'est dire. En 1969, elle reçoit le prix de l'homme de l'année en informatique. Quand elle découvre tout ça, Grace a quarante-cinq ans. Non seulement ce n'est pas une jeune fille, mais pour les codeurs, c'est plutôt une mère, enfin, c'est une mère sans enfants puisque les codeurs ne sont toujours pas nés.

Le code a sa légende mais comme tout choc civilisationnel, Rome ne s'est pas du tout faite en un jour. J'ai choisi Grace mais j'aurais pu choisir Turing ou Shannon.

Récapitulons : ce que j'appelle « code », ce sont des langages de conversion emboîtés comme des poupées russes, un simple millefeuille de traductions. Est-ce que Kafka s'y serait intéressé ? Et Descartes ? Et les logiciens de Port-Royal ? « Si la grammaire est l'art de parler, le code est l'art de programmer, et programmer, l'art d'expliquer ses pensées à la machine par des signes que les hommes ont inventés à ce dessein… » Si seulement je pouvais formuler les choses aussi simplement, dans le dépouillement, la nudité des jansénistes. Il me semble que chez eux, les choses de l'esprit s'énoncent toujours par beau temps, dans un calme idéal, une clarté douce, étale.

Je redis à Chloé que je ne serai jamais programmeuse, que ce n'est pas l'enjeu (comme si elle ne s'en doutait pas). Tout ce que je veux, c'est marquer le mouvement, comme font les danseurs, assimiler quelques gestes vite esquissés, approximatifs, pour dompter le vertige, l'océan, la brume, me représenter, me figurer, comme qui dirait, repasser de l'abstraction au figuratif.

J'avance en considérant que oui, Kafka, Proust, Pascal, Perec, Pierre Nicole sont à mes côtés, peut-être aussi Mme de Lafayette avec sa logique implacable. (J'ajoute, ça va sans dire, leurs visages à mon tableau.) À défaut d'amour, le duc de Nemours lui-même aurait peut-être fini par coder. Comme Marcel, comme K. Je me dis que j'entraîne les miens, que je fais le sale boulot en quelque sorte mais que quelqu'un doit le faire pour que les chiens de faïence s'animent, jugulent leur stupeur.

À la fin de chaque cours, j'ai mal à la tête. J'ai l'impression d'en avoir appris beaucoup, trop peut-être, et surtout d'avoir arpenté des terres trop lointaines et trop arides pour moi.

Arrête avec tout ça, laisse tomber, me dis-je.

Durant la Première Guerre mondiale, Monet est à Giverny et s'obsède sur ses nymphéas. C'est réjouissant. Je dois penser à me le dire chaque fois que je me décourage sur les traces du python : se souvenir de Monet qui, pendant que l'Europe s'enlise dans les tranchées, accomplit ce miracle de beauté. « Le seul moyen de n'être pas malheureux, c'est de s'enfermer dans l'art et de compter pour rien tout le reste », dit Flaubert. Mais la bourse de mes valeurs est totalement bouleversée : depuis que je considère le code comme le chiffre de nos vies, nos pilotis, ce que j'ai jusqu'ici chéri le plus, Python est en train de l'avaler. Je comprends hélas pourquoi le jeune homme ne s'intéresse plus qu'au code et comment tout le reste lui tombe du cœur. À sa place, je ferais comme lui. Le « back end » (ce que l'usager d'un programme ne voit pas) devient l'endroit du monde depuis lequel regarder tout le « front end » (ce que l'usager voit) comme un espace certes vivant, ludique et coloré, mais futile, éphémère, infiniment manipulable.

## Leçon n° 3

Devant le café habituel, Chloé me propose contre toute attente qu'on aille désormais dans son petit studio, juste à côté. Nous serons plus au calme. Peut-être a-t-elle eu pitié de mes suées livrées aux courants d'air. J'aimais bien la scène pourtant, la jeune fille et moi attablées dans un café à discuter algorithmie au milieu des omelettes et des demis, mais j'y renonce bien volontiers.

L'endroit est sans surprise. C'est un studio d'étudiant typique avec un clic-clac, une table ronde, deux chaises, une kitchenette, pas de fioritures. On gagne malgré tout en proximité, ce qui m'autorise à demander à Chloé si elle trouve ma démarche ridicule.

– Non, non, répond-elle, je trouve ça très bien d'avoir cette curiosité (sous-entendu, à ton âge), j'aimerais avoir la même (à ton âge).

Pourtant je l'imagine aussi raconter à ses amis : les gars, je donne des cours à une daronne qui écrit des romans et l'un d'entre eux de ricaner en inventant le mot *daromancière. Daronancienne*, plutôt ! renchérirait un autre. Mais ses amis ingénieurs inventent-ils des mots pareils ? J'ai un doute, en revanche, ils peuvent très bien lui demander : et elle te paie combien ta daronne pour trois lignes de Python ? Cher, dirait Chloé d'un air vague.

Dans la foulée, elle me confie que c'est son père qui l'a initiée à la programmation. Elle est devenue ingénieure comme lui, et parfois, quand ils repèrent un motif de code dans une conversation familiale, un bout de raisonnement, ils échangent un clin d'œil complice. Les autres ne comprennent pas, c'est leur secret. (Je me dis même qu'elle a fait tout ça pour ça.) Mais trêve d'intimité, elle enchaîne aussitôt :

– Il existe des centaines, voire des milliers de langages parmi lesquels, Python, Java, JavaScript, Ruby, HTML, C, C++, C# (on dit C sharp), PHP, CSS, Kotlin, Swift…

– Shark aussi pourrait être un bon nom de langage, dis-je fièrement.

Elle ne relève pas et poursuit. Il y en aurait 7 000, soit plus que de langues humaines mais mon esprit décroche et s'attarde encore sur le nom de Python, alors timidement je redis à Chloé, moi, je veux apprendre à coder en Python. Elle ne me demande pas pourquoi je hausse les épaules, et confirme que c'est le langage le plus populaire du moment. Google utilise Python, mais Instagram aussi, Spotify, Netflix, Uber, Dropbox…

– Python, ajoute-t-elle, s'écrit très rapidement, c'est un atout. En revanche, il s'exécute un peu moins vite que d'autres langages. Il faut toujours arbitrer entre le temps d'écriture et le temps d'exécution.

Cette idée d'exécution me plonge dans des abîmes de réflexion. Qu'un signe produise autre chose que du sens, je n'en reviens toujours pas, même si évidemment je pense aux notes d'une partition qu'on exécute. Et la langue courante ? Et si la littérature s'exécutait, que se passerait-il ? Tous les livres prendraient vie, nous deviendrions les personnages, leurs histoires contamineraient nos existences. La poésie s'exécuterait plus vite que la peinture. La Terre serait instantanément bleue comme une orange. La question du temps m'épate, le code court après la vitesse, pour qu'entre le signe et ce qu'il produit, l'intervalle se réduise, disparaisse, n'existe pas, running code, disent les Anglo-Saxons.

Chloé ignore que Python pour moi, c'est d'abord un mot, un symbole, du cinéma, le sac et les chaussures de Tippi Hedren dans *Les Oiseaux* (en tout cas telles que je les imagine), la veste de Nicolas Cage dans *Sailor et Lula*, la peau de serpent de Marlon Brando, un truc glamour et transgressif, excentrique, racé. Tout ce qu'elle m'en dit se surimprime à une peau de serpent sinueuse, à son maillage de taches brunes et claires, motifs aléatoires qui s'avalent les uns les autres.

Sur son ordinateur, s'affichent cinq petites lignes :

```
print "hello world"
printf("hello world\n");
cout << "hello world" << endl;
Console.WriteLine("hello world");
print("hello, world")
```

Chloé précise que la première est en Basic, la deuxième est en C, la troisième est en C++, la quatrième est en C# (C sharp), la dernière en Python. Plus on maîtrise de langages, plus on peut en maîtriser de nouveaux, c'est comme les langues vivantes. JavaScript serait l'anglais car on le trouve vraiment dans tous les sites ; Java, c'est l'allemand car c'est plus dur mais c'est encore le langage des grands comptes comme la banque ou l'assurance. Python, c'est l'américain, c'est facile et branché surtout depuis que Google l'utilise. C#, c'est un peu comme l'espagnol, c'est charmant, et Ruby, c'est l'italien, encore plus charmant. Grâce à ces analogies, chaque langage prend pour moi une couleur, une saveur, la tonalité d'un paysage. Tous les langages évoluent, se déclinent en variations d'eux-mêmes, c'est leur vocation. Aucun programmeur ne souhaite que son langage soit le dernier. Ce serait même triste. Aucun ne souhaite non plus que ses petits-enfants codent dans le même langage que lui, pourtant, comme tout le monde, les codeurs peuvent être conservateurs et pourfendre la nouveauté.

– Quand on commence à coder, dit Chloé, on se confronte à 95 % d'erreurs. C'est vraiment la meilleure école de l'échec.

Dans sa bouche, le moindre superlatif détonne.

– Une seule virgule manquante, le plus petit oubli pénalise toute la ligne. La machine rechigne, le programme ne s'exécute pas. Après quelques années, on peut faire baisser cette marge d'erreur à 35 % mais même avec beaucoup d'expérience, il reste une marge incompressible, inhérente au code, environ 30 %. L'idée, c'est de toujours inventer, essayer des choses nouvelles, ajouter des fonctionnalités.

Si on transpose à la littérature, ça supposerait que 30 % d'une œuvre soit truffée d'erreurs et de maladresses, et que cette part soit donnée en pâture aux écrivains qui suivent. Chacun apporterait son paquet de linge sale et froissé, une part d'obscurité que ses successeurs seraient chargés de laver et repasser, ce qui donnerait du sens à toute la chaîne, la grandeur d'un acharnement nécessaire.

– C'est bien pour ça que l'entraide est au cœur du système, insiste Chloé. On demande de l'aide à Google, à Chat-GPT, mais on demande surtout de l'aide à sa communauté, à ses pairs, et il y a toujours quelqu'un pour te répondre.

Le codeur est seul dans sa chambre mais il n'est pas seul au monde, ni le jour ni la nuit. Je lui envie cette cantonade muette et planétaire.

Chloé s'absente une minute.

Je révise ma formule, coder coder coder devient coder se tromper coder chercher coder buter coder demander coder trouver. Et pourtant, tous les codeurs aspirent à un langage parfait, sans erreurs, sans signification parasite, comme disait Barthes des mathématiques, un langage qui ne cède aucune place à l'interprétation, à l'ambiguïté, qui célèbre le règne d'une lettre indéformable. Or à entendre Barthes et tous les littéraires, c'est à l'ambiguïté qu'il faut vouer un culte. Si Flaubert dit de la conversation de Charles Bovary qu'elle est « plate comme un trottoir de rue », c'est parce que l'art de la conversation requiert du second degré, du relief, de la profondeur (de la polysémie). Pas le code qui dialogue avec la machine mais ne converse pas. La machine n'a ni affects ni pulsions, elle n'éprouve ni agacement ni colère ni jalousie ni faim, ni ennui ni fatigue. Inutile aussi d'en avoir peur, elle ne nous menace pas de destruction, on n'est pas dans *Terminator.* D'ailleurs le jeune homme, lui, n'en a jamais peur, il éprouve pour elle une gratitude inconditionnelle comme celle qu'on a pour son vieil âne. Parfois il suspend ses doigts virtuoses et contemple son écran noir tout incrusté de code : il trouve ça beau, il en est fier. On dirait du Damien Hirst, se dit-il peut-être. C'est son portrait tout scintillant, le reflet chatoyant de son superpouvoir, parler ce langage idéal où ce qui est écrit ne signifie rien d'autre que ce qui est écrit, où a-t-on jamais vu ça ? C'est ce qu'on appelle un script.

J'ai un ami légèrement autiste qui, quand un policier lui lance « Vos papiers » lors d'un contrôle routier, ne les donne pas puisqu'on ne lui demande pas explicitement de les donner. C'est ça un script, quand la formule « Vos papiers » s'en tient strictement à ce qu'elle énonce, plate, sans implicite, pire qu'un trottoir, donc sans effet.

Quand elle revient, Chloé précise que coder, c'est surtout « résoudre des problèmes ». L'expression jure, trop prosaïque, trop terre à terre. En anglais, on dit *to debug* (débugger), ajoute-t-elle, ce qui n'est ni plus flamboyant ni plus grisant. Mais c'est très typique d'aimer cette modestie d'artisan, de bricoleur bidouilleur, cette bonhomie besogneuse à l'ombre de sa machine, tel le soutier qui, au fond de sa cale, transporte ses brouettes de charbon sans jamais voir la mer. Pourtant Chloé dit que chaque fois qu'on résout un problème, les endorphines agissent. Je commence à penser que bien qu'immobile sur sa chaise, le codeur vit la même chose qu'un coureur ou un nageur.

Je n'ai toujours pas écrit une ligne de Python mais mon tableau, lui, progresse. Chloé m'a certes montré quelques exemples, de petits programmes insignifiants qui visent, par exemple, à trouver le juste prix, que je pourrais reprendre toute seule, mais honnêtement, quand je rentre chez moi, j'ai envie de tout faire sauf ça. Je ne sais pas si c'est de l'ennui, de la peur, ou les deux. Je sais pourtant qu'il faut pratiquer, faire, refaire, mais je regimbe, je ne m'y mets pas. Je passe des heures à imprimer de nouvelles images, à regarder Amazing Grace voisiner avec Brando, à ne pas voir le rapport. Je cherche à savoir qui est l'homme à la peau de serpent. Pas Brando, Guido, Guido van Rossum, dont je plaque la photo.

Guido nomme son langage Python en hommage aux Monty Python. Il a trente-cinq ans quand il le crée. Ce n'est plus vraiment un jeune homme mais toute sa jeunesse, il a codé, la nuit, le jour.

Qui autour de moi connaît ce Guido ? Chloé n'a pas su me donner son nom quand je le lui ai demandé. Boris, peut-être, et encore, il n'en ferait pas tout un plat. Les créateurs de langages ne sont pas des vedettes et leurs biographies sont plates comme des galettes. Difficile d'y planter la moindre graine de roman, mais là encore, cette platitude me plaît, cette apparence modeste, ce côté je me mets dans un coin de la terrasse et, mine de rien, je fais tourner le monde.

Alors que tant de programmeurs s'en servent, Python ne rapporte pas un dollar à Guido, enfin, indirectement, si, puisqu'il est recruté et grassement payé par les plus grandes firmes de la Silicon Valley. Il a annoncé récemment qu'adossé à Microsoft, il cherchait à doubler la vitesse d'exécution de Python. Mais Guido ne touche aucun droit d'auteur sur le langage qu'il invente. Son copyright est détenu par le centre de recherches mathématiques où il travaillait, à Amsterdam, c'est la loi de l'open source qui prévaut, le partage libre et ouvert. Non pas que ces chercheurs soient tous de zélés philanthropes, mais ce sont avant tout des scientifiques dont le but est de trouver, de déposer leur offrande aux pieds du futur. Et l'open source, c'est surtout la garantie pour un langage de se diffuser largement et librement, de ne se lier à aucune entreprise commerciale et de continuer à être modifié, enrichi par tous. Le système est d'ailleurs si malin que, depuis une vingtaine d'années, les grosses entreprises s'attachent elles-mêmes à protéger cette ouverture. Guido joue double jeu : d'un côté, il sert les grandes firmes, de l'autre, il reste attaché à sa méfiance originelle. La loi du marché et son contraire.

Que Python soit gratuit quand même m'épate. J'essaie de trouver une analogie : fait-on payer à l'écrivain la langue qu'il utilise ? Bien sûr que non mais personne n'a créé le français ou l'anglais, tandis que Python germe dans la tête d'un homme un jour de Noël 1989 (certes à partir des langages préexistants). C'est un travail colossal dont les créateurs trouvent toutefois normal de ne pas être rétribués. Est-ce leur contribution à l'humanité ? Est-ce une forme de largesse légèrement condescendante, tenez, prenez, ceci est mon code ? Les sites et les applis qui utilisent les langages deviennent ensuite des centres de profit qui rapportent beaucoup d'argent mais la langue commune, elle, ne se monnaie pas. La peau de python ne coûte rien.

Guido, dans la vraie vie, personne ne le connaît. Même en allant sur le site de Python, il faut entrer son nom pour le trouver. De toute façon, dans le monde du code, on ne se laisse pas impressionner. (« We believe in rough consensus and running code. »). Autrement dit, il n'y a qu'à coder coder coder, et le reste suivra.

– Quoi ? La gloire ?

– Non, l'impact.

Guido naît et grandit aux Pays-Bas. Il suit un cursus de maths et d'informatique, puis part s'installer sous le soleil de la Californie. Il confie à un journaliste que sa vie consiste à consacrer dix heures de son temps pour faire économiser à l'usager dix secondes du sien. Il se demande si ce ratio n'est pas absurde, puis conclut que non, car la programmation, c'est sa passion. Son seul storytelling, c'est de dire qu'il s'est mis à créer Python parce qu'il s'ennuyait chez lui un 25 décembre (ce qui, comme divine surprise, se pose là). J'aspire à trouver plus qu'un CV tout en me sentant aussi ridicule que les tenants de la biographie au temps des structuralistes pour qui seule l'œuvre comptait. (J'ai appris depuis que la biographie est un éclairage substantiel, voire décisif, et qu'on nous a raconté beaucoup de salades à ce sujet.)

Je décide de contacter Guido. Comme ce n'est pas une vedette, on trouve facilement son adresse électronique. Il me répond le jour même. Son message est courtois, détendu, à l'américaine. Il me propose même une visio mais je suis trop intimidée, je ne pourrai pas aligner deux mots devant lui. Je mets une semaine à écrire les questions que je lui envoie. Ses réponses reviennent vite et sont fantastiques. Il entre dans le détail, trouve les bonnes analogies, relate sa jeunesse, dit que le code est une grande source de bonheur dans sa vie et que d'avoir créé Python est la chose la plus extraordinaire qui lui soit arrivée. C'est le seul superlatif de son mail, je le relis plusieurs fois. Il me conseille aussi pour la suite de trouver des codeurs introspectifs, dont, à mes yeux, il est un bon exemple. Guido est précis, pédagogue, modeste, sympathique. Il écrit que le langage humain dispose d'une complexité et d'une labilité que le code n'aura jamais, mais la prouesse n'est peut-être pas là où on la croit. Il dit que comparer les performances d'un ordinateur à celles d'un humain revient à comparer un train à un homme qui court, qu'en somme, c'est une comparaison absurde qui n'invalide jamais les capacités de l'homme. Là encore, je ne sais pas ce qu'il préfère. La machine qui a gagné au jeu de go ne l'impressionne pas. Il ligote instantanément les fantasmes de toute-puissance technologique, écarte d'un revers de main ce qu'il appelle l'« overlord stuff », le conspirationnisme. C'est un sage en plus d'être un expert, il a les deux pieds sur terre. Il insiste aussi sur le fait que coder est une spécialité et doit le rester, ses proches ne codent pas, ce qui n'est pas plus mal. Je vois qu'il a un fils de vingt-deux ans et je serais très étonnée qu'il ne lui ait rien transmis mais admettons. Il dit aussi que les deux choses les plus importantes de la révolution numérique, c'est le world wide web, le « www », et Google. Je ne sais pas ce qu'il pense de Chat-GPT, il faudra que je lui demande. Et puis, Guido parle d'addiction (« It can be hard to stop because it's so much fun »), mais il pense que je n'arriverai sûrement pas à ce stade. J'ai envie de prendre un billet pour la Californie et de faire un stage à ses côtés, sans date de retour. J'ai envie de vivre avec lui jour et nuit, qu'il m'enseigne tout ce qu'il sait, qu'on écrive ce livre ensemble, je vois déjà nos deux noms sur la couverture. Quelques instants, je ne conçois rien de plus exotique ni de plus excitant que de m'asseoir à ses côtés pour, dans l'obscurité, le regarder coder, scruter ses silences, ses yeux, ses mains, ses doigts. Me revient la scène du film de Lumet où Brando, l'homme à la peau de serpent, colle sa paume contre celle de Magnani alias « Lady ». Il lui demande ce qu'elle ressent, et comme elle ne dit rien, il répond qu'elle doit sentir la taille de ses articulations (« the size of my knuckles »). La réplique est inattendue, d'un érotisme inouï, dite en américain qui plus est par les lèvres charnues de Brando.

Avec Guido, notre correspondance est intermittente. J'espace mes mails de plusieurs semaines, mais il me répond chaque fois en quelques heures. Je n'en reviens jamais et je regarde d'un œil énamouré son nom figurer parmi ceux de ma boîte mail.

Si Boris, Guido et tous les autres se collent pendant des heures à un écran, c'est donc parce qu'ils éprouvent du plaisir. De ce plaisir imperceptible, solitaire et communautaire, qui va de problème en solution, de stress en satisfaction. Et qui, à l'œil nu, ne se voit pas. Certains le désignent prosaïquement en parlant du « truc », avoir le truc, connaître le truc. Qui dit truc dit plaisir intense, peut-être même orgasme perpétuel. Chloé, elle, parlait seulement d'endorphines. Le jeune homme qui code qui code qui code dans sa chambre serait donc le même que celui qui s'adonne à vous savez quoi, mais sans images pornographiques, juste avec un clavier électronique sous les doigts. L'un comme l'autre commence souvent à l'âge de douze ans.

– Quoi ? Tout ça pour ça ?

– Non.

Dans son essai *La Vie intense*, Tristan Garcia explique que le libertin du XVIII^e^, le romantique du XIX^e^ et le rocker du XX^e^ incarnent une intensité vécue au diapason de leurs nerfs, de leurs orages intérieurs et de leurs guitares électriques. L'électricité procède par chocs, envoie des décharges nerveuses et émotionnelles qui galvanisent la sensation de l'existence, laquelle, on le sait, est toujours menacée de s'engourdir. « Une plus grande intensité de vie est toujours une augmentation de bonheur », écrit Mme de Staël.

Les doigts du jeune homme aujourd'hui ne pincent plus de cordes mais ils pianotent, courent, galopent. Tristan Garcia évoque la basse intensité d'une électronique qui conduit et neutralise le courant électrique (semiconductrice) et techniquement, il a raison. Mais Tristan Garcia n'a pas regardé le codeur d'assez près, il n'a pas vu le truc, le flow, le magnétisme, l'hypnose, l'orage qui tonne à bas bruit. (Quand le clavier de mon ordinateur portable a une certaine inclinaison, j'aime apercevoir sous les touches les minuscules éclairs de cet orage.)

Certains disent que pour coder, il faut de la testostérone, ce qui, en passant, se dit aussi des maths. Quand ils se sont retrouvés à Londres, Zweig aurait dit à Freud qu'avant la guerre, à Vienne, il y avait du sperme dans l'air. Ce n'est jamais très bon de raisonner à partir de la physiologie ni non plus de l'ignorer : il y a bien entre le jeune homme et le code une toute-puissance, une jouissance, dirait la psychanalyse. Et sans le truchement de drogues, quelques bières tout au plus, car le codeur doit mener un combat lucide, rude et sans relâche, lutter contre une créature énorme, effrayante, un Minotaure répliqué et enfermé dans plusieurs labyrinthes à la fois. Ce combat, appelons-le Python contre Big Data.

Big Data est une masse volumineuse et véloce. Si elle se composait de livres, elle napperait tout le territoire américain et grimperait sur cinquante-deux étages. Si elle se composait de CD, on en verrait cinq colonnes monter jusqu'à la Lune. Certains parlent du déluge de données face auquel il faut dresser une arche, au moins le savoir-faire d'un Noé ou d'un Thésée pour frayer son chemin, contrer cette manne, qu'elle ne nous engloutisse pas, ne devienne pas notre châtiment suprême.

On dit « donnée », on dit « data » (en latin, *choses données*) à tout bout de champ, mais longtemps je n'ai pas compris ce que désignaient ces mots. Une donnée, c'est tout ce qui précède une information triée, une tendance. À l'échelle d'une phrase, ce serait le complément d'objet direct du verbe : visualiser *des sondages électoraux*, prédire *la météo* ou *le marché boursier*, résumer *tous les articles de presse sur un sujet*. Les compléments d'objet directs sont des data quand les verbes sont le traitement qu'on leur applique.

Big Data flatte le codeur, elle le pousse à toujours plus de virtuosité, coder coder coder, pour dompter, endiguer, trier, elle stimule une libido computandi de survie. Puisque l'humanité a décidé de tout garder, tout stocker, tout conserver d'elle-même, il faut bien que certains s'y collent et empêchent le monde d'être enseveli sous ses propres sécrétions. De même que le serpent a causé le péché originel, Python rattrape le coup et sauve l'humanité. (Il faudra que je demande à Guido s'il y a pensé. Sans doute que non, mais, comme tout le monde, l'ingénieur a un inconscient.)

Après, il faut bien tout ranger quelque part. Le faut-il ? Oui car on ne jette pas les données. Donner, c'est donner. Jeter, c'est quoi ? Pécher ? Gâcher ? Quand j'essaie de comprendre pourquoi on ne jette pas les données, on ne me répond que par la valeur et le potentiel qu'elles détiendraient. Tout est conditionnel, aucune raison technique à ça, rien d'autre qu'un retour sur investissement et potentiellement, une meilleure compréhension de notre histoire. Et c'est là que la magie du virtuel s'efface devant l'éléphant qui resurgit, le data center construit loin des villes, là où on ne le voit pas (qui en a déjà vu un s'annoncer le long d'une autoroute ?), là où la technologie planque ses trucs, ses artifices, ses bourrelets, et heureusement, car je n'aime pas voir la matière faire irruption au beau milieu de ce rêve aérien. Jeff Bezos ne voit sûrement ni les hangars ni les chariots quand il imagine sa librairie planétaire. Ce qui l'excite, c'est l'échelle infinie, exponentielle et immatérielle qui se déploie dans sa tête. « J'ai appris que l'utilisation du web augmentait de 2300 % par an. Je n'avais jamais vu ou entendu parler de quelque chose avec une croissance aussi rapide, et l'idée de créer une librairie en ligne avec des millions de titres – quelque chose de purement inconcevable dans le monde physique – m'enthousiasmait vraiment. » Quoi qu'on pense de lui, je suis sûre qu'il dit vrai. Dans les années quatre-vingt-dix, le serveur était pour ainsi dire au bout de la rue, mais c'est fini car il a trop grossi : le codeur à présent ignore où est l'éléphant et d'ailleurs il s'en moque éperdument (les lois de la physique sont facultatives).

Le data center fait plusieurs milliers de mètres carrés et compte des centaines de milliers de serveurs, lesquels coûtent plusieurs centaines de millions de dollars. On parle de baies informatiques – mot qui fait scintiller pour moi des milliards de petits grains noirs derrière d'immenses vitres. Qui y travaille ? Qui circule entre les baies ? Qui s'occupe des circuits de refroidissement ? Je vois un individu à mi-chemin entre l'employé d'Amazon et l'employé de zoo. À l'heure où j'écris, on compte 4800 data centers dans le monde, principalement aux États-Unis et en Asie, 157 en France seulement (tous ces chiffres seront bientôt dépassés). Ce sont des infrastructures très énergivores qui participent au réchauffement en produisant beaucoup de chaleur, laquelle peut ensuite servir à chauffer des serres, et faire revenir le monstre dans le cercle de la vertu.

Avant 2025, le volume de données produit sur la planète sera multiplié par cinq. Il faudra bientôt inventer de nouveaux modes de stockage. On parle d'une forme de poudre, d'un ADN synthétique. Je m'apprête à chercher une image de poudre mais je me ravise. Et Python ? Je dois m'approcher, cesser de tourner autour du pot et entrer dans le labyrinthe.

Allez, allez, ma fille, ça suffit.

J'entrouvre une toute petite porte, je tombe sur un site pour enfants qui s'appelle Citizen Code Python. Ici, rien ne passe par l'écriture, tout est jeu de construction où il faut prendre et poser des briques pour élever des tours, démolir des ponts, rebâtir sans cesse. Je déplace des grues à droite, à gauche, je suis architecte, maître d'œuvre et maçonne. On me tutoie, on m'encourage, on m'applaudit, j'ai neuf ou dix ans. Dès que j'ai cinq minutes, je joue. Je dis jouer mais en réalité, je peine à trouver les solutions pour construire mes tours et mes ponts, et quand je réussis une mission, je serre le poing en signe de victoire, je crie Yes ! Je fais ça chez moi, dans les cafés, dans le train, dès que j'ai un moment. Les exercices sont de plus en plus durs et je mets de plus en plus de temps à relever les défis logiques. Quand je bute trop longtemps sur un problème, je sens mon cerveau cogner contre les parois de mon crâne et j'arrête, je fais autre chose, je me dis que j'ai passé l'âge, mais non, je m'y remets et, en général, je finis par trouver, débloquer la situation, trouver le bon agencement, la bonne méthode (l'algorithme).

J'apprends l'individualité des tâches et leur enchaînement très précis, comme jamais la vraie vie ne décompose à ce point les actions, avec le zèle analytique d'une grammairienne et d'une amatrice de puzzles. Ce degré de précision peut même avoir quelque chose d'insupportable, de piquant, comme de s'asseoir sur une aiguille. Le moindre oubli, le moindre enjambement bloque tout le système, une seule ponctuation fautive et tout s'arrête. Est-ce que j'effleure seulement la sensation du codeur, le fameux truc qui advient quand on résout un problème ? Si oui, c'est agréable, ce brouillard dans le cerveau où tout est en vrac, emmêlé, embrumé, et qui soudain se dissipe, se lisse, mais je joue pendant dix jours, puis je me lasse. Tout ça pour ça ?

Je commence enfin *Anna Karénine.*

Je passe une soirée avec des amis et justement, nous parlons de Vronski, de Levine, de la Russie. Les avis divergent mais c'est douillet, d'un confort absolu. Je rentre à la maison et je ne veux plus jamais m'éloigner, au diable Python. Ma place est là, entre les livres, les personnages, mais je regarde le sol comme on regarde un bateau à fond de verre : tandis qu'on devise sur le paysage, les codeurs œuvrent dans la soute, Google se bat contre Microsoft (Chat-GPT), Pantone contre Adobe, de ces guerres que nous, les passagers, ne voyons pas, comme lorsqu'on contemple un jardin du haut d'un balcon et qu'on n'en perçoit que la paisible tranquillité, rien des combats qui s'y déchaînent, des animaux qui s'entre-dévorent. Dans tous les cas je n'ai pas le choix, je dois descendre.

## Leçon n° 4

– À force, dit Chloé, pour mieux comprendre la machine, on se met à penser comme elle, notamment pour affronter les messages d'erreur, comprendre ce qu'elle n'a pas compris.

– Est-ce qu'on devient elle ?

– Parfois, admet-elle.

Ses lèvres s'étirent doucement mais ne vont pas jusqu'à me sourire. Pour ne pas la gêner, je lui confie que je joue à Citizen Code Python. Là encore, elle acquiesce sans juger, ne pose pas de questions, poursuit sa tâche. Je me raidis. Non seulement je ne comprends rien, mais je n'ai droit à aucun égard. Je la déteste, je déteste ces gens à sang froid, tous ces serpents, qu'ils aillent au diable avec leur logique implacable, leur indifférence souveraine. Tous les clichés que je combats à leur sujet me reviennent : manque d'empathie, mimétisme machinique, autisme camouflé, tandis que, de sa voix grave, Chloé continue son exposé. Je l'entends qui m'explique que les ordinateurs, les nôtres ou ceux des serveurs, ne savent pas ce qu'ils stockent.

– Ils sont aveugles, dit-elle.

Pour un peu, je sentirais même sa voix s'affermir et détacher ces deux syllabes, a-veugle. Je ravale ma petite colère. J'imagine une grande scène mythologique, une bataille qui rassemblerait Tirésias, Œdipe, Polyphème, comme si les ordinateurs eux aussi avaient été châtiés, les yeux crevés, bien fait pour eux. Ceux par lesquels nous voyons n'y voient strictement rien et ne s'allument que pour nous. C'est une autre façon de me représenter ce que j'entends souvent, à savoir que les machines sont bêtes, ce qui revient à les prendre pour des humains. En fait, non, elles sont seulement aveugles.

– Quand je tape la requête « Roumanie », dit Chloé, j'envoie un ensemble de signaux électromagnétiques illisibles pour l'œil normal. L'information numérique emprunte des langages codés et donc lisibles jusqu'à un certain point mais au bout du bout, le signe devient signal, l'ordinateur se contente de transporter l'information sans la connaître, à l'aveugle.

J'opine du chef mais c'est un nouveau gouffre qui s'ouvre sous mes pieds, je n'en dis rien à Chloé, les affres, les gouffres, ce n'est pas son registre.

– Tu sais qu'une information peut être consignée sous la forme d'une ligne dans un livre, dit-elle, mais tu as sûrement du mal à concevoir qu'elle puisse être stockée sur un disque dur d'une manière électromagnétique, n'est-ce pas ?

– Absolument.

– Eh bien, le codage de l'information concerne les moyens de la formaliser afin de pouvoir l'accumuler, la transmettre sous la forme d'une quantité. Il ne s'intéresse pas au contenu, mais seulement à la forme et à la taille des informations à coder (les bytes ou octets).

Je continue à hocher la tête mais je plonge, je n'attrape plus rien, plus rien du tout. Mon esprit soudain est aussi aveugle que la machine.

– Désolée, Chloé, mais je ne comprends rien, lui dis-je, rien du tout.

Son visage ne se trouble que très légèrement malgré la panique de ma voix. Face à elle, je ne suis que pathos effervescent.

– Je tape une requête sur mon clavier et ensuite ? dis-je. Ensuite quoi ? que se passe-t-il ? Prenons le mot « Roumanie ». Explique-moi, je le tape et puis quoi ?

– Admettons que quelqu'un ait codé la page Wikipédia de Roumanie, il l'a envoyée comme on envoie une lettre à la poste sur un serveur via des routeurs qui aiguillent l'information (c'est ça qu'on appelle Internet). Ce serveur stocke et sécurise cette page, réplique le programme (en cas d'incendie). Quand ensuite toi, tu cliques sur le lien depuis ton ordinateur, ce clic arrive sur un routeur (le routeur Orange ou Free, distincts mais parfois communs), et le serveur s'active lorsqu'il reçoit ta demande. De là, tout te revient.

Encore et toujours revenir aux lois de la physique, au circuit, à l'espace parcouru, on dirait, même si c'est à toute vitesse.

– Que se passe-t-il au bout du bout puisque le code est aveugle et que mon ordinateur ne comprend que des signaux électriques, 0 ou 1, vrai ou faux, c'est quoi la chaîne, c'est quoi le maillage ?

Ma voix tremble. J'ai envie de tout laisser tomber. J'en ai assez, ce n'est décidément plus de mon âge, mon cerveau est fatigué de se débattre dans ce qui le ligote, je préfère passer mes journées avec *Anna Karénine* dont le début est d'ailleurs époustouflant.

Pour la première fois, Chloé soupire, je l'exaspère.

– Poser cette question revient à écraser quatre-vingts ans d'informatique, dit-elle sur un ton pincé (sous-entendu, je ne suis pas payée pour revenir là-dessus).

C'est vrai, j'oubliais que dans cette évolution-là, l'éléphant est devenu une puce.

– Mais Chloé, le bit, le langage binaire, dis-je, tout ça reste vrai, c'est la base, non ?

Il ne manquerait plus que je m'énerve, voire que je me fâche contre elle. En réalité, ce que je voudrais comprendre et suivre, c'est le chemin entre ma requête « Roumanie » et les séries de 0 et de 1, et aussi percevoir ne serait-ce qu'une seule impulsion, un seul signal, car honnêtement c'est incompréhensible qu'avec juste cette alternance binaire, allumé/éteint, des niveaux de tension qui alternent entre deux états, on batte Kasparov aux échecs. Qu'est-ce qu'un signal ? Comment se fait-il qu'avec juste des 0 et des 1, on capture l'information du monde entier ?

Chloé reprend. Chaque caractère est codé sur 8 bits (un byte ou un octet). Le bit (binary digit) est la quantité minimale d'information transmise par un message. C'est l'unité de mesure de base de l'information numérique qui connaît deux états, allumé/éteint, on ne peut pas faire moins. Je vois bien que ce qui me fascine dans la technologie, ce sont les deux infinis, tous ces volumes de signes compilés qui se succèdent comme les arches de plus en plus massives d'un aqueduc au-dessus de nos actions, le face-à-face entre l'infiniment grand et l'infiniment petit, ou plutôt leur synthèse, l'infini miniaturisé.

Le code binaire est la seule forme de langage directement compréhensible par les composants électroniques de l'ordinateur mais Chloé précise que ces pages de binaire ne sont justement pas des pages : elles ne se voient ni n'existent nulle part (elle a élevé la voix sur l'adverbe *nulle part*, un peu, à peine), sauf dans les circuits des microprocesseurs sous la forme d'impulsions.

– Mais vouloir revenir à ce corpus binaire, c'est enjamber quatre-vingts ans d'évolution, répète-t-elle. Cette suite de 0 et de 1, le langage natif du processeur, est aujourd'hui produite automatiquement par un compilateur, aucun codeur ne s'y frotte plus, ajoute-t-elle. C'est comme si pour monter dans le TGV, tu devais chaque fois tout reprendre depuis le début, depuis le fonctionnement de la locomotive à vapeur.

– Oui, mais la machine à vapeur, je comprends. Pas l'ordinateur.

Chloé en a assez de mes constants retours en arrière, de mes questions hallucinées qui surgissent comme d'un rêve fiévreux et me laissent au matin en rade et en nage.

Elle m'annonce qu'elle doit finir la leçon un peu plus tôt. Elle a un rendez-vous auquel elle ne peut arriver en retard. Cet énoncé vaut pour tout l'agacement qu'elle contient. Elle ajoute que m'enseigner la théorie de l'information ou le traitement du signal dépasse ses compétences.

– Tu pourras toujours m'envoyer des SMS et j'essaierai de te répondre, dit-elle en rangeant ses affaires.

Je ne l'ai pas vue venir du tout. Je me lève mais je reste un moment debout, sans bouger, je me retourne encore une fois sur le palier, je ne veux pas m'en aller. Je lui demande si je peux la prendre en photo. Elle acquiesce d'un geste raide. Je suis comme le jeune homme face au soutier dans le roman de Kafka, déchirée par cette séparation prématurée. Je me demande ce qui a tant fâché cette fille sans affects apparents : est-ce d'avoir déplacé, modifié ma demande en cours de route ? de l'avoir mise en défaut sur ses propres compétences ? Je ne sais pas, je ne le saurai jamais.

Dans la rue, des tas de questions jaillissent que je ne pourrai plus lui poser. Autrefois, quand on tapait sur la touche A d'une machine à écrire, la baguette venait imprimer le A. C'était mécanique et simple. Mais aujourd'hui, quand on tape sur le A du clavier d'ordinateur, pourquoi ce vertige ? cette causalité trouble et sans substance ?

Je lui en veux. Dans le métro, j'imagine une scène où Chloé n'est justement qu'affects : je la mets dans la même pièce que Boris et un jeune écrivain et j'attends de voir pour qui son cœur penche. Pour Boris, duquel elle est depuis toujours familière ? Ou pour le jeune poète qui lui semble plus exotique ? Chloé a le choix entre le même et l'autre, et comme c'est une fille rationnelle, elle peut penser que la familiarité est un meilleur pari sur l'avenir. Mais si je n'avais rien compris ? Si c'était une jeune fille romantique qui n'aurait qu'une envie, se pâmer sur des poèmes ? Moi, je n'hésiterais pas mais elle ? Elle peut aussi ne pas choisir et alterner, se dire que c'est l'occasion de rejouer *Jules et Jim* (qu'elle ne connaît sûrement pas) et tourner, tourner, jusqu'à tomber dans la Seine avec l'un des deux mais lequel ? Peu importe, dans cette scène, je liquide Chloé. Exit Chloé.

Au centre de mon tableau, je placarde le visage de Polyphème, le cyclope d'Homère, en passe d'être aveugle comme moi. Je ne vois plus rien. Je pourrais décrocher toutes mes images, faire place nette pour me retrouver face au vide (mais je suis moins impulsive que Carrie

Mathison qui n'hésite pas à tout arracher dès la saison 1 de *Homeland* pour reprendre sans cesse, sa façon à elle d'attendre celui qui part, qui lui échappe toujours).

Je pourrais retourner sur le site des professeurs particuliers et d'un clic remplacer Chloé mais non. Quelques jours plus tard, je réécris à Boris, je lui demande si par hasard, il ne connaîtrait pas quelqu'un qui. Il me répond du tac au tac, contacte Margaux, et il m'envoie sa fiche.

Encore une fille. Pour qui cherche le jeune homme, c'est un comble, à croire que j'ai encore peur du loup.

## Margaux

Margaux est une brune piquante et délicate. Elle est un peu plus âgée que Chloé, approche la trentaine. C'est une codeuse qui vient de la sphère littéraire. C'est sûrement pour ça que Boris a pensé à nous mettre en contact. Je me demande pourquoi il ne l'a pas fait dès le début.

Je l'appelle. Ma voix tremble sur les premières phrases mais ses réponses me rassurent. Elle parle vite, dit que ça l'intéresse de refaire le chemin avec moi, que ce sera l'occasion de réfléchir à son propre parcours. Elle est d'accord pour qu'on se voie chaque semaine, longuement, au moins deux heures par séance. Je lui propose un forfait qu'elle accepte. (Je préfère ne pas faire le calcul de ce que cette initiation me coûte.)

Ses yeux gris et brillants, ses cils épais, son demi-sourire me rappellent ceux d'Anna Karénine quand elle apparaît devant Vronski à la porte du wagon. Je le lui dis, elle sourit, elle adore le roman de Tolstoï qu'elle a lu deux fois. Elle a lu *Anna Karénine* et elle sait coder.

Chaque fois que je la verrai, Margaux me donnera l'impression d'être impeccable comme savent l'être certaines femmes, nickel jusqu'au bout des ongles, des ongles parfaits qui scintillent comme des pastilles de nacre quand elles remuent les doigts. Je me demande ce que le jeune homme pense de ses mains quand elle tape à côté de lui.

Margaux a quitté le monde littéraire après avoir travaillé dans l'édition. Elle aime la littérature mais ne s'y retrouvait pas et ne se voyait pas vivre en étant si mal payée. Autant dire que des jeunes écrivains, elle en a connu. Elle les a admirés puis elle les a plaints. Elle a même dû se retrouver à coucher avec eux dans des chambres mal chauffées, à l'ancienne, et à les écouter invoquer Bret Easton Ellis, Knausgaard et Bolaño d'un air fiévreux (à mon époque, c'était plutôt Mallarmé, Céline et Joyce, mais ça ne change rien). Elle a dû se dire qu'elle n'atteindrait jamais cette ferveur alors qu'elle aussi voulait écrire. Elle a dû se demander s'il valait mieux avoir une bonne vie ou une belle postérité, s'il valait mieux être Cocteau ou Proust, sans trop savoir comment répondre. Elle a dû voir serpenter cette question durant ses nuits blanches, puis elle a rencontré Boris.

– Ni une ni deux, j'ai changé, dit-elle. J'en avais assez de la mystique littéraire, des pouvoirs de la littérature et de tout ce qu'on nous serine à la radio à longueur de journée. C'est ce qui vous donne envie d'écrire mais c'est dangereux, c'est plein de faux espoirs et de fausses valeurs. Et surtout j'ai découvert que cette mystique avait de sérieuses concurrentes qui, à son insu, la prenaient de haut, de très haut même.

Avec Boris, elle peut discuter de tout. C'est un esprit vif et clair, qui ne s'enlise dans aucune mystique justement. Il lui a tout de suite parlé d'impact plutôt que de gloire. Ça a été un déclic. C'était moins scintillant mais elle l'a regardé coder des heures entières, elle aimait le voir dans la zone, dans le flow. (J'imagine qu'elle a dû trouver ça follement érotique.) Je lui demande de définir ce flow. Elle décrit un état où la concentration redouble avec la difficulté, où plus rien d'autre n'existe que cette confrontation, ce duel. Ses yeux brillent (elle n'est pas à l'abri d'un soupçon de mystique). Elle a voulu s'y mettre, partager ça avec lui, suivre une formation intensive.

Pendant deux mois, elle se noie. Elle ne comprend à peu près rien à rien. Elle rentre chez elle avec des migraines, des nausées, le visage blême, mais comme elle voit beaucoup de monde abandonner en cours de route – surtout des filles – elle s'accroche, elle tient jusqu'au bout. Pour Boris, pour ne pas le décevoir. Elle commence à comprendre, elle acquiert de l'aisance et aujourd'hui, trois ans plus tard, elle adore coder. J'aurais bien aimé assister à cette histoire que je trouve romanesque en diable, sans images préconçues, inédite. Qui l'a écrite ? Qui l'a filmée ?

– On construit un monde très réglé quand on code, dit-elle, on nomme les choses, on leur donne des attributs et des propriétés, on se fait relire par ses pairs. Et puis, on a une postérité.

– Ah oui ?

– Ton code reste, ton code est une trace de toi.

Je ne crois pas trop à cette postérité, mais passons.

– Autant que cette trace soit belle.

– Belle ?

– Il y a du beau code et du code moche, poursuit-elle. Il n'y a qu'à regarder, tu prends plusieurs codes du même programme et tu en compares les masses, le nombre de lignes, les indentations, les symétries, le dessin général à l'écran. On distingue tout de suite ce qui est élégant, économe, de ce qui est verbeux, boursouflé, surchargé. (Finalement, où qu'on soit, le style, c'est le style.) Et puis, ajoute Margaux, j'aime bien vivre parmi les garçons, ça me change.

Elle ouvre ici une parenthèse dont j'ai déjà entendu parler, mais je ne l'interromps pas :

– Autrefois, ce n'était pas comme ça, c'étaient les filles qui s'y collaient. Contrairement à tout ce qui relevait du corps de la machine, la quincaillerie, l'ingénierie, qui étaient plus viriles. Les hommes savaient ce qu'ils voulaient faire faire à la machine mais c'étaient les femmes qui jouaient les intermédiaires et qui donnaient les instructions, un peu comme avec les enfants. En 1967, le magazine *Cosmopolitan* titrait « The Computer Girls » (je repense aux longs ongles vernis de Grace Hopper) et insistait sur les salaires qu'elles pouvaient gagner dans ce domaine, une fille pouvait gagner jusqu'à 150 000 dollars par an. Difficile à imaginer, non ?

Margaux n'énonce pas tout ça d'une voix monocorde, elle met des accents, détache certaines syllabes, elle élève un peu le ton, utilise ses mains, bref, elle dramatise son récit, tout l'inverse de Chloé.

– Le code, au début, c'était un peu le savoir-faire de la tapisserie et du tricot, mais tout a changé avec les PC. Dès que l'ordinateur est entré dans les maisons, on l'a posé dans la chambre du fils, et même quand il devait servir à toute la famille, on l'installait sur le bureau des hommes. Entre les pères et les fils ont commencé des stages sauvages, des apprentissages sur le tas, des formations d'autodidactes puisque l'école ne s'occupait pas de ça à l'époque. On devait se débrouiller tout seul et donc faire preuve de ténacité. Résultat, quand les garçons entraient à l'université, ils avaient de l'avance et voilà, c'était parti, ils traçaient loin devant. Cette avance s'est creusée, l'informatique est devenue une affaire de jeunes hommes introvertis et compétitifs, mais moi, je les aime bien, les geeks, avoue-t-elle. Parfois, une fille s'égare parmi eux. Elle rabat sa capuche et elle code. Mais je ne suis pas comme ça, moi, je mets même du vernis à ongles.

Tiens, tiens. J'ai en effet plusieurs fois vu arriver Margaux avec un rouge à lèvres très rouge et des ongles assortis. Et si le geek changeait d'allure ? S'il se mettait à avoir l'air d'un beau gosse ouvert, chaleureux, intarissable ? D'un athlète délié, charmeur, irrésistible ?

– On n'en est pas encore là ! s'esclaffe Margaux.

Boris n'est ni ingrat, ni boutonneux, ni puceau, mais il ne ressemble quand même pas à n'importe quel jeune homme. Quoi qu'il fasse, il garde cet air concentré, comme s'il retenait à l'intérieur de lui une substance dense et précieuse.

Grâce à Margaux, mon tableau se remplit. Mon semblant d'ordre cède la place à un fatras où se mélangent des extraits de code binaire, des lignes de Python, l'ENIAC, le premier ordinateur, la photo de Faulkner qui a vu l'éléphant, celle d'une puce, beaucoup de bleu piscine, Guido, Brando… Les images se chevauchent, on dirait Carrie Mathison dans une de ses phases maniaques. J'y ajoute un Post-it bleu layette avec le mot *geek* et je fouille.

Le mot vient du bas-allemand, puis d'un Gecken du XVIII^e siècle, je passe. Je colle une carte postale du *Gilles* de Watteau (même étymologie). C'est un fou de carnaval, un nigaud à lacets roses, le *Candide* de Voltaire pour toute une génération de lycéens (dont je suis). En Amérique, le *geek* est plus effrayant ; dans les cirques, il côtoie le *freak*. C'est un handicapé mental qu'on met en cage pour qu'il rugisse et terrifie les visiteurs. Puis ce geek-là disparaît.

À partir des années soixante, il resurgit dans les banlieues américaines sous les traits d'un lycéen fort en maths et nul en sport. C'est un adolescent qui se réfugie dans des mondes imaginaires, s'abreuve de science et de technique. Il est inapte aux relations humaines qu'il trouve plus pauvres et plus décevantes que l'exercice de son cerveau. Le français n'a pas vraiment d'équivalent, on dit tronche, intello, polard, crack.

Dans les années quatre-vingt, le geek reçoit son premier ordinateur à Noël, et, en 1983, il découvre le film *Wargames*. C'est un choc : il fait le lien entre la solitude et la puissance, le calcul et la guerre, sa chambre et le monde. On a du mal à comprendre que ses parents le laissent vivre assis dans le noir pendant des heures : soit il est proprement insupportable et autant le coller devant une machine, soit on soupçonne qu'il a accès à un mystère que seul un jeune homme inapte à la vie normale peut percer.

Qu'on imagine Bill Gates, Mark Zuckerberg ou Larry Page à quinze ans, on a envie de tout sauf de passer du temps avec eux, et réciproquement. Plutôt que d'aller boire des bières ou draguer les filles, ils restent chez eux, ils codent. Je crois que dans la méfiance qu'on a pour eux, il y a toutes ces années pendant lesquelles ils sont reclus dans les langages abscons dont on a compris par la suite qu'ils changeraient nos usages et nos vies. Rétrospectivement, c'est comme s'ils complotaient dans notre dos en marmonnant, vous ne perdez rien pour attendre, les cocos. On les méprise et on les craint. On les traite de *nerds* et chaque fois qu'on prononce le mot, on lâche un peu d'agressivité (le mot claque comme un *nerf* de bœuf). On dit que c'est un dérivé du mot *knurd*, qui est l'envers de *drunk* puisque les nerds ne buvaient pas, ne faisaient pas la fête, mais rien n'est moins sûr.

Le geek est inoffensif à côté du nerd qui est le contraire absolu du garçon cool et sportif. Est-ce pour cette raison qu'arrive l'époque où il s'affuble de t-shirts et de sweats à capuche, pour justement avoir l'air de l'athlète qu'il n'est pas ? À la fois cacher et montrer son corps ? C'est possible.

Après le lycée, le nerd va à l'université où il suit un cursus d'ingénierie et de maths. Souvent il y rencontre un complice décisif. (Cette rencontre remplace celle de l'âme sœur dont le nerd se fiche un peu.) À deux, ils cherchent à créer quelque chose de nouveau, et, quand ils y parviennent, ils quittent l'université. Je vais vite mais j'aimerais à ce moment-là de leur vie entrer dans la tête de ces jeunes hommes qui codent jour et nuit en rêvant d'une révolution technologique, anthropologique, un truc énorme qui changera la vie des gens, une chose qu'ils sont les seuls à avoir vue et conçue depuis leur chambre d'étudiant. Je sais bien que ça ne se passe jamais comme ça, qu'il y a un contexte, l'air du temps, un campus, des mentors, des cafés, les gens qu'on y croise, sauf qu'à un moment donné, certains sortent du rang et font la différence. (90 % des start-up disparaissent dans les cinq ans qui suivent leur lancement.) Tandis que, dans le couloir, le samedi soir, tout le monde s'agite pour sortir, ils restent plantés devant leur écran, et quand les autres reviendront à l'aube se coucher ivres morts, ils n'auront pas bougé, ils seront toujours là, assis dans le noir, avec quelques canettes cabossées tout au plus.

Ensuite l'histoire s'emballe, ils lèvent des fonds, ils attirent l'attention, ils sont rachetés ou pas, les licornes galopent. Les jeunes hommes deviennent de grands hommes, les millionnaires puis les milliardaires de Microsoft, Facebook, Apple, Google, etc. (Et là, toutes les filles rappliquent.)

La façon de raconter l'histoire est à peu près toujours la même, un peu hollywoodienne forcément, pleine de clichés de figures. À ce schéma s'ajoute souvent l'idée qu'une fois devenus pères, les nerds élèvent leurs enfants loin des écrans comme s'ils désavouaient leur créature. On aime cette péripétie, mais on ignore que, quoi qu'il arrive, ces pères ne pourront pas ne pas enseigner le code à leurs fils et peut-être à leurs filles.

On n'a encore jamais assisté à la chute de l'un d'entre eux, mais au fond, tout le monde l'espère, en particulier celle de Zuckerberg, de Bezos ou de Musk, les plus détestés. Pourtant les turbulences sont fortes : quand le système de Google commet une erreur, l'action perd 9 % en bourse (soit 100 milliards de dollars). L'intelligence artificielle rêve de supplanter la vocation même de Google, l'I.A. de terrasser le moteur de recherche, et pour ce faire, elle provoque une terreur pleine de pitié (mais qu'allons-nous devenir ?), les conditions mêmes de la tragédie.

Parmi les huit personnes les plus riches des États-Unis, sept ont été des nerds qui se sont imposés entre l'âge de vingt et trente ans. Je plaque un nouveau rectangle bleu layette avec dessus deux mots : *fierce nerd.*

La férocité venge l'adolescence du paria. Elle liquide la vieille humiliation du scientifique évincé par l'industriel sans foi ni loi. C'est un deux en un. En fait, c'est la première fois que l'esprit scientifique prend les commandes d'une industrie planétaire. Il le fait avec une certaine morgue (la même que celle du très bon élève qui se sent coupé et détesté du reste de la classe), de la mégalomanie et de la méthode. Si la biographie du nerd est plate, sa férocité est romanesque. Quand la presse interroge le fierce nerd, il camoufle cette férocité sous ses ailes d'ange et prêche le Bien de l'humanité. C'est évidemment trop beau pour être vrai mais je m'en fiche. Je n'arrive pas à m'intéresser à ces histoires de cybercapitalisme et de cybercontrôle. Mes filles me trouvent naïve, agaçante avec ma fascination pour ces types qui tueraient père et mère pour plus de données. Elles ont sûrement raison mais leur véhémence ne me gagne pas.

Personne n'incarne mieux le fierce nerd que Jesse Eisenberg (alias Mark Zuckerberg) dans *The Social Network* que j'ai vu plusieurs fois, dont j'enjambe la partialité, la question du point de vue, tout ce qui nourrit les critiques. J'aime la manière dont le film construit le personnage autour de cette réplique en particulier : « He is wired in. » La locution n'est d'ailleurs estampillée que par le film, on ne la trouve nulle part ailleurs. Elle désigne l'action d'un codeur en train de coder coder coder, casque sur les oreilles. Boris sur la terrasse était « wired in ». En anglais, « wire », c'est un câble et, littéralement, on pourrait traduire « wired in » par « branché », et, si le mot existait, par « encâblé ». Je vois le circuit sangler le codeur et le codeur se laisser ficeler, ligoter par le circuit, ses ligaments, ses tendons, ses nerfs devenir câbles. J'imagine des phylactères électroniques, une transe talmudique et robotique.

David Fincher, le réalisateur du film, a demandé à tous ses acteurs de parler aussi vite que possible, plus vite que dans une screwball comedy, plus plat aussi, sans relief, pour obtenir un débit automatisé. Jesse Eisenberg, avec son regard buté, ses lèvres ourlées et parfois tressaillantes (seule manifestation de ses affects), le fait à merveille. À lui tout seul, il crée le mythe. Son débit mitraillette semble l'expression directe d'une pensée qui ne se soucie jamais de sa réception. Et pour cause, le film mise tout sur sa vengeance (ce que le vrai Zuckerberg conteste) puisqu'il s'apprête à détrôner ceux qu'il a enviés, ceux qui l'ont humilié, les filles, les wasps de Harvard. Qu'il y ait vengeance ou pas, une angoisse de fond nourrit aussi la férocité : il faut aller vite, ne pas être doublé, que les serveurs tiennent, que le code tienne.

Au-delà des enjeux psychologiques et dramatiques, ce qu'on voit bien dans ce film, c'est le rêve, le va-et-vient entre la vie et le programme, la façon dont le programme seul importe, obsède son créateur, comme un roman son auteur qui fait feu de tout bois : tout s'y rapporte, tout s'y déverse. Chaque action a sa traduction algorithmique (la fonctionnalité), le programme fait de la vie un long fleuve tranquille, sans aléas. Au rêve permanent de l'usage idéal s'ajoute celui d'une utopie cognitive (traduire la compétence, la commande, la connexion cérébrale).

Dans la quatrième saison du *Bureau des légendes*, Éric Rochant a créé le personnage de César, un geek impérial. L'acteur a une grosse tête, un corps de petit garçon, des épaules très étroites, mais il a de grands yeux et de très longs sourcils arqués qui lui donnent un air ténébreux, profond. Il porte bien sûr des t-shirts et des baskets. Il est censé être très fort dans son domaine, la cybersécurité. Dans l'un des épisodes, on le voit faire une course-marathon contre les cryptographes du FSB et coder à une vitesse hallucinante. On ne sait pas ce qu'il code, on ne l'imagine même pas. On voit juste ses doigts s'enfoncer dans le clavier, le pétrir comme une éponge noire et bruyante. Marie-Jeanne, la directrice du service, est éberluée. Elle n'ose pas trop poser de questions, ni lui demander d'explications quand elle ne comprend pas ce qu'il dit. Le code la tétanise. Je me mets très facilement à sa place, elle découvre tout un monde de créatures capables de passer d'un langage à l'autre, c'est son baptême. Quand César a fini sa prouesse, elle est à deux doigts de le féliciter mais comme ce n'est pas dans son tempérament, elle dit juste qu'elle est heureuse d'avoir vu ça. D'avoir vu quoi ?

Margaux me suggère aussi de regarder la série suédoise *The Playlist*. L'un des héros est un codeur en costume, il a plutôt l'air d'un cadre, sauf qu'il voit du code comme on voit ses fantasmes ou ses rêves se surimprimer à la réalité. Quand sa petite amie veut faire l'amour, il regarde le plafond fixement et lui demande de le laisser réfléchir. Les lignes de code s'écrivent sur des espèces de panneaux de verre où le réel se convertit instantanément. C'est une trouvaille graphique intéressante, on voit vraiment du code partout, mais je préfère le débit mitraillette et le front étroit de Jesse Eisenberg ou les longs sourcils de César. Margaux est d'accord.

– Les nerds me font penser à Paul Valéry, dit-elle, à son poème *Solitude*.

*Loin du monde, je vis tout seul comme un ermite*
*Enfermé dans mon cœur mieux que dans un tombeau.*
*Je raffine mon goût du bizarre et du beau,*
*Dans la sérénité d'un rêve sans limite.*

*Car mon esprit, avec un art toujours nouveau,*
*Sait s'illusionner – quand un désir l'irrite.*
*L'hallucination merveilleuse l'habite*
*Et je jouis sans fin de mon propre cerveau...*

*Je méprise les sens, les vices, et la femme,*
*Moi qui puis évoquer dans le fond de mon âme*
*La lumière... le son, la multiple beauté !*

*Moi qui puis combiner des voluptés étranges*
*Moi dont le rêve peut fuir dans l'immensité*
*Plus haut que les vautours, les astres et les anges !...*

Margaux marque une pause puis reprend.

– Le nerd jouit de son propre cerveau, dit-elle, l'hallucination merveilleuse, et je suis certaine que Valéry se serait intéressé au code. Il s'est même remis à faire des maths à un moment donné. Valéry aussi, on le détestait. Catherine Pozzi qui avait des raisons personnelles de lui en vouloir disait qu'il s'intéressait à l'intelligence mais pas à l'esprit.

Ce distinguo est essentiel : l'esprit est-il à l'intelligence ce que le visage est à la face ? C'est-à-dire une forme, une incarnation singulière ? Décidément, je n'avais pas prévu que Python me ramènerait à Pozzi. Je fais glisser sa photo sous celle de Margaux.

– Avec le fierce nerd, c'est la première fois dans l'histoire que des intellectuels deviennent riches et puissants, dis-je.

– Oui mais des intellectuels qui ne lisent pas, qui ne vont pas au musée et qui se fichent de nos standards, réplique Margaux. San Francisco est l'une des grandes villes les plus pauvres en librairies, il y en a moins de 80, quand New York en compte plus de 800 et Paris environ 700, et ce n'est pas seulement à cause d'Amazon.

Margaux a bien étudié la question. Elle poursuit :

– Les filles ne les voient pas vraiment, elles les ignorent ou les traitent comme de grands enfants. Elles les toisent comme des mamans agacées, jusqu'au moment où ils font fortune.

Que représente la fortune pour un nerd ? Des yachts, des palaces, des îles privées ? J'ai du mal à imaginer tous ces gamins qui se sont dématérialisés dans le noir, sacrifier au veau d'or (nerd un jour, nerd toujours), mais là encore, je dois être naïve. Une autre question me brûle les lèvres : Margaux ne préfère-t-elle pas l'autre jeune homme, celui qui se lance à l'assaut des toits, des corniches, des filles ? Celui qui a un corps, qui prend les sens interdits, des drogues, se bagarre, se jette d'une falaise, des ponts au-dessus des rivières ? Je le croise tous les jours quand je suis à vélo dans la ville : c'est lui qui brûle les feux rouges, me double en me frôlant, manque de me renverser, slalome, fonce, agile et invincible. Chaque fois, je l'insulte, je le déteste, je pense à Poutine, je me dis que toutes les guerres et tous les accidents viennent de ça, de lui, et, l'instant d'après, que, sans sa fougue, intrépide, sans les risques qu'il prend, sans sa témérité, le monde serait aussi ennuyeux qu'un thé de dames.

– Au fond, dit Margaux, le bad boy et le codeur, ce n'est pas si différent, tu sais. Le codeur pense qu'il n'apprend rien au lycée. En classe, il coupe la parole, il s'impatiente, parce qu'il a l'habitude de résoudre tous ses problèmes tout seul. Ce n'est pas du tout Agnan, le chouchou de la maîtresse, il est plus coriace que ça et d'ailleurs, la maîtresse ne l'aime pas.

Elle m'explique que dans ces banlieues américaines, les parents partent travailler en ville et que, dans la journée, ce sont des lieux désertés, donc pour le nerd, le lycée est une immense garderie où ses parents le parquent pendant qu'ils travaillent, mais justement, dit-elle, ses parents, toute la journée, que font-ils au juste ?

– Ce sont sûrement des cadres de l'industrie ou du secteur tertiaire, dis-je.

– Exactement et ce type de travail ne se voit pas, les enfants ne se figurent rien. C'est une abstraction, un nuage qui plane dans la grande ville où leurs parents se rendent tous les matins. Prenons le fils d'un directeur de clientèle ou de n'importe quel cadre, il ne voit aucun geste, aucune autre action que des réunions, des appels, des dossiers.

Je ne sais toujours pas où elle veut en venir.

– C'est flou, les frontières se brouillent, dit Margaux, et le codeur grandit dans ce brouillage : il confond le jeu et le travail, la compétition et la collaboration, la solitude et le nombre, les lois de la physique sont facultatives (sauf à l'intérieur de la machine). Ça n'a l'air de rien mais c'est crucial.

Margaux est une interlocutrice idéale qui, parce qu'elle vient d'ailleurs, a réfléchi à l'anthropologie du code, à sa sociologie, à son esthétique, à ses représentations culturelles. C'est elle qui devrait écrire un livre.

– Mais il y a bien un moment où le codeur arrête de coder, non? dis-je.

– Oui.

– Que fait-il alors? Pense-t-il à ses problèmes de code? Ou bien va-t-il dormir? courir? boire?

Je ne prononce pas le mot « baiser » mais Margaux l'entend. Elle rougit légèrement. Je passe, je lui demande si les codeurs qu'elle fréquente vont danser quelquefois. Elle acquiesce en souriant, ça l'émeut de voir ces gars toujours assis, bouger leur corps, lever leurs bras, fermer les yeux en remuant la tête, c'est souvent comme ça qu'ils dansent, dans la même concentration jalouse, exclusive. (Margaux a beau avoir trente ans, elle semble adorer cette citadelle de virilité que les femmes d'antan se figuraient devant l'uniforme.)

Un soir, à la fin d'une séance, elle m'annonce que Boris l'attend en bas de chez moi. Je suggère qu'il monte boire un verre.

Quelques instants plus tard, ils sont tous les deux dans mon salon. Je les regarde, je suis fascinée par leur avenir, leur secret, ce mélange de concentration et de désir. De les voir ensemble, je me sens ridicule, dupe de mes propres alibis. Et si le code était l'autre nom de la jeunesse et de l'amour? La veille, j'ai vu un film, *Les Amandiers*, qui met en scène de jeunes acteurs très séduisants qui ne jurent que par le théâtre, une vision volcanique de l'existence, le désordre amoureux et l'intensité des sentiments. Des créatures diamétralement opposées aux codeurs. Je me demande quelle jeunesse je préfère, pourquoi je n'écris plus sur l'art, le théâtre, l'amour, l'amitié, pourquoi j'aime tant regarder des visages tendus, fixés sur ce que je ne comprends pas. (Un type qui achète un billet de train en ligne peut avoir le même regard fixe, je sais.) Le codeur se fiche éperdument de tout ce qui peut arriver dans le monde puisque, pour lui, même le pire est d'abord et avant tout une ligne de code, du *running code* qui forme sur son corps une pellicule de gras. Il est devenu phoque, otarie, créature amphibie. Il peut tout affronter, tout glisse sur lui. Maman, tu fantasmes, diraient mes filles en levant les yeux au ciel.

Juste avant de repartir avec Margaux, au détour d'une phrase, Boris prononce le nom de John von Neumann.

– Ce type est plus important pour le XX^e^ siècle que tous les intellectuels réunis, c'est lui qui invente l'architecture de l'informatique moderne, mais évidemment, dit-il, à part les scientifiques, personne ne prononce jamais son nom.

Je reconnais cette exaspération, celle qui constate qu'en matière de culture générale, entre les sciences et les lettres, c'est toujours deux poids deux mesures. Je devine aussi qu'entre Boris et Margaux, c'est une querelle rituelle, mais je ne pose aucune question, ils sont pressés, je ne veux pas les retarder. Sitôt la porte refermée, je vais imprimer une grande photo de John von Neumann que j'aimante à mon tableau.

Je ne m'attendais pas à ce type de physique. John von Neumann est un monsieur au visage rond, au crâne dégarni, à l'air débonnaire mais pensif. Sur toutes les photos, il porte un costume et une cravate, sauf quand il marche aux côtés de sa fille dans les rues de Santa Fe (à quarante kilomètres de Los Alamos, la citadelle du Manhattan Project).

Il naît en Hongrie en 1903 dans une famille de la grande bourgeoisie juive. Dans le salon de ses parents défile toute l'élite scientifique et artistique du pays. C'est un enfant prodige, un wunderkind qui converse en grec ancien et fait mentalement des divisions à huit chiffres. Il suit des études de mathématiques et de chimie en Hongrie, à Zurich et en Allemagne. À l'université de Göttingen, il côtoie Oppenheimer, Hilbert et Heisenberg. En 1930, il part à Princeton, un peu avant Einstein, Dirac, Gödel, etc. Jusqu'en 1933, il se partage entre l'Allemagne et l'Amérique. En 1938, il effectue son dernier voyage en Hongrie, juste après sa naturalisation américaine.

C'est un professeur médiocre, ses étudiants disent qu'il parle trop vite. Il n'a pas la patience d'attendre qu'ils aient fini de tout noter pour effacer le tableau. Son esprit est si rapide qu'il est capable d'appréhender immédiatement toutes les dimensions d'un problème. Kubrick se serait inspiré de lui pour son Dr Folamour.

Son génie polymathe, comme disent les Anglo-Saxons, l'amène à signer des contributions décisives dans plusieurs domaines : les mathématiques, la physique, l'économie, et surtout l'informatique. C'est lui qui met au point l'architecture des ordinateurs modernes connue sous le nom d'« architecture von Neumann ». Il conçoit notamment une séparation nette entre l'unité de commande, celle qui organise le flot séquencé des instructions, le programme codé, et l'unité arithmétique, celle qui exécute ces instructions (les calculs), soit plusieurs niveaux de mémoire ainsi que des organes d'entrée, de transfert et de sortie. C'est indirectement grâce à lui que le nombre de transistors (les interrupteurs de courant) d'un microprocesseur augmentera de manière faramineuse. Autrement dit, c'est lui, c'est von Neumann qui fait de l'éléphant une puce.

Sa vie privée ne ressemble pas à celle d'un petit monsieur en costume : il aime séduire, boire, faire la fête, conduire vite, il se marie deux fois. Ce n'est pas un geek avant l'heure. Sa très puissante rationalité cohabite bien avec la fougue, un tempérament passionné. Il rencontre Klara, sa seconde femme, au bar du casino de Monte-

Carlo. Alors qu'elle n'a aucune formation mathématique, il lui apprend la programmation et Klara contribue décisivement à l'ENIAC. Quand il meurt, Klara se remarie mais une nuit, elle entre dans le Pacifique et se noie à la façon de Virginia Woolf en lestant sa robe de sable. C'est encore plus étrange que les cailloux, le sable, on dirait que ça ne va pas tenir, que ça va glisser entre les plis de la robe mais non, ça la leste tellement qu'elle coule au fond de l'océan. Comment ne pas ajouter sa photo à mon tableau ?

Mais John est un viveur pessimiste, il pense que l'holocauste nucléaire est inévitable. Il déteste l'URSS et le communisme, sans doute parce qu'en 1919, il a connu dans son pays natal une révolution bolchevique.

Il meurt jeune, à cinquante-trois ans. Il semblerait qu'il ne se soit jamais bien protégé contre les radiations nucléaires. C'est lui qui aurait modélisé la puissance des explosions au sein du Manhattan Project. Le lit dans lequel il agonise est gardé par des militaires qui redoutent que, sous l'effet des antalgiques, John ne divulgue des secrets d'État.

Sa fille unique, Marina, devient économiste et, entre autres, conseillère de Nixon. Elle voue un culte à son père. Adolescente, elle vit avec lui et quand elle décide de se marier, son père la trouve vraiment trop jeune. Elle passe le reste de son existence à lui prouver qu'une femme peut tout avoir, une famille et une carrière intellectuelle. Je pourrais faire de la vie de John von Neumann un roman, je pourrais l'écrire du point de vue de sa fille Marina qui l'appellerait John. Ça créerait tout de suite de la familiarité et de l'intimité. Hollywood pourrait tirer un film épique et émouvant d'une existence qui traverse la Mitteleuropa puis l'Atlantique, la guerre et la science d'une manière spectaculaire. (Depuis, Christopher Nolan a réalisé un film sur Oppenheimer, et un roman sur von Neumann intitulé *The Maniac* est paru aux États-Unis.) Je commencerais par la fin, par ce lit gardé, par ces râles et ces gémissements épiés, surveillés, à se demander même s'il ne prendrait pas l'envie à un des militaires de les étouffer sous un oreiller. On ne manquerait hélas pas de porter un regard moralisateur sur ce génie considéré comme l'incarnation d'une science sans conscience, ce qui me semble proprement impossible. Les scientifiques passent leur vie à arbitrer entre leur vocation et leur devoir, mais on aime bien considérer qu'ils n'ont aucun état d'âme.

Je résume une vie capitale en quelques lignes. Je retiens que si les codeurs lui doivent l'architecture de leur système, John von Neumann n'en est pas un (même s'il pouvait, dit-on, coder en binaire dans sa tête). Sa vie est multidimensionnelle et il n'a pas de pellicule de gras sur la peau ; il a de vrais engagements politiques, une vulnérabilité qu'il doit à la physique et à la guerre.

À côté de son portrait, j'ajoute cette photo où on le voit marcher d'un air détendu avec Marina adolescente. Il fait beau, il ne porte pas de cravate pour une fois, sa chemise est ouverte. On entendrait même son accent hongrois quand il parle anglais. Est-ce qu'il apprend le code binaire à Marina quand elle vient s'installer chez lui à l'âge de douze ans ? Est-ce qu'il passe du temps avec elle devant un ordinateur ? (Les ordinateurs d'alors sont toujours des éléphants et il n'y en a pas dans les maisons.)

Marina dit dans une interview que son père est mort trop tôt pour accomplir certaines des choses qui lui tenaient à cœur, dont gagner plus d'argent puisque c'était un viveur. Et là, je retrouve mes fierce nerds : c'est par eux que la technologie et l'argent convergent, la science et le commerce. (Les contributions de John von Neumann ont enrichi bien des industriels mais lui n'est jamais devenu riche.)

Entre la photo de John von Neumann et celle de Bill Gates, je trace une flèche (facile). Les tableaux des enquêteurs ne sont pas des mood boards (comme dans la mode ou la publicité), ce ne sont jamais de simples associations ; zébrés de trajets et de lignes, ils cherchent à relier clairement des points éloignés, à établir des causalités fracassantes. Mais le fierce nerd brouille les lignes car il émerge d'une communauté où règnent d'autres injonctions comme le refus du profit, le rêve d'un espace libertaire qui bride enfin le capital. C'est le surmoi du nouveau monde.

Cette première flèche établit que s'il faut faire des maths pour coder, il faut ensuite chiffrer la route jusqu'au trésor. J'aurais pu parvenir à ce constat très simplement, sans passer par le génial von Neumann qui n'a rien demandé, mais disons qu'avec lui, la distinction est très claire. Depuis que les maths chiffrent le chemin jusqu'au trésor et à la licorne, l'opinion chouine. À raison ou à tort, on pense que l'alliance du grand capital et de la technologie est opaque, illisible, maléfique. On ne le dit pas mais on déteste l'idée que l'intelligence mathématique puisse devenir l'alpha et l'oméga de la fortune. D'ailleurs, le chemin n'est pas si direct. Au départ, les nerds, que ce soit Zuckerberg ou Page, ont un idéal en tête, relier les gens, mettre le savoir à disposition. Tout est possible dans la Silicon Valley des années 2000, comme tout était possible dans le Hollywood des années 1930.

Dans les premiers temps, personne ne parle d'argent. On dirait que s'impose d'abord une image, un idéal naïf, *make the world a better place*, une morale, une sorte de chimère intenable ou de mantra à deux sous. Il faut se rappeler que ce sont des blancs-becs qui n'ont encore rien vécu et que leur intelligence ne les prémunit pas contre l'eau de rose. Il faut croire que la compétition intellectuelle n'arme pas toujours contre les bons sentiments. (Ils devraient lire plus de littérature.) Quand les jeunes gens qui codent à l'université abandonnent la recherche pour se lancer, ils entrevoient l'échelle, les ordres de grandeur et, au bout, la force de l'impact, comme dit Boris. C'est une vision qui se déploie aussitôt dans l'espace, donne le vertige comme un travelling arrière que rien n'arrête ; ce n'est ni de la science ni du commerce, ou disons que ce n'est déjà plus de la science et pas encore du commerce. Qualifier ça d'entrepreneuriat ne me convainc pas non plus.

Ils disent « l'échelle » quand moi, je vois des gradins, des kilomètres de gradins qui se creusent, se démultiplient, se superposent pour napper tout l'espace. Le réseau s'étend sur toute la surface, de son point le plus bas à son point le plus haut. L'échelle, c'est l'obsession, mais comme l'adjectif *scalable* est sans équivalent en français, on l'utilise désormais tel quel. (Littéralement, ça signifie « échelable », ou « échelonnable » mais ce dernier est un peu petit bras.) À ce déploiement vertigineux, exponentiel, j'oppose évidemment la miniaturisation exponentielle et je me retrouve une fois de plus coincée, prise en sandwich, tétanisée entre deux infinis : d'un côté, l'expansion des langages codés, de l'autre, la réduction du langage littéraire qui, s'il n'est pas mort, n'intéresse plus les foules ? (Un auteur de best-sellers ne souscrira pas à mes constats et me dira d'interroger plutôt ma façon d'écrire.)

Très vite, l'échelle demande des investissements, de l'argent et donc une rentabilité. Les recettes publicitaires se mettent à pousser sous le code, les données se monétisent, le tas d'or grossit au fond de la soute. Et bientôt, ces compagnies ont plus d'influence que les États dont elles ignorent les limites territoriales. Les statuts se brouillent, on dit de Google qu'il est plus puissant que la Suisse, on additionne des pommes et des oranges.

À un dîner qui réunit à peu près les mêmes convives que la terrasse de Pierre, j'entends mon amie Marion dire qu'elle en veut aux scientifiques de nous avoir fait un monde pareil, de s'être transformés en créatures avides, mégalomanes. L'alliance du code et du capital dégoûte. Ne parlons pas de celle du code et de la politique.

Marion est une lettrée devant l'éternel : elle enseigne la littérature depuis trente ans, elle aime le latin, elle transporte avec elle tout un monde, des valeurs, un goût, une forme d'intégrité. Elle incrimine la surveillance, le contrôle fasciste, la pression des réseaux sociaux. Elle confisque tous les portables de ses élèves quand ils entrent dans sa classe. Je l'écoute mais je n'arrive pas à souscrire à son indignation car la technologie n'est jamais entièrement mauvaise, il y a toujours Dieu, d'un côté, et le Diable, de l'autre. Souvent, entre nous, s'exprime une forme de querelle larvée – les Anciens contre les Modernes – mais je ne cherche pas la confrontation, elle a du bon sens et surtout une ferveur que je lui envie, inoxydable.

J'utilise quelques arguments un peu froids. Quand on découvre l'énergie nucléaire, puis la bombe atomique, le Diable est aux aguets, c'est facile à imaginer. Mais quand on découvre l'électricité aussi, les gens ont peur, ils redoutent les chocs, les incendies, les effets sur la santé. Ils craignent des explosions dans la ville à cause des nouveaux systèmes d'éclairage public. On a oublié tout ça ou plutôt, obsédés par nos propres apocalypses, on ne l'a peut-être jamais su. Marion garde son air dubitatif et se contente de me demander d'une voix tranquille pourquoi je renonce comme ça à tout ce que j'aime. Je reste interdite, ma gorge se serre. Je bois un peu de vin, je réplique qu'on ne peut pas rester étanche à tout ça. Si, dit Marion.

Mon collage progresse à grands pas mais je ne sais toujours pas coder. J'ai devant moi une forêt de visages, de noms, des bouts de langages, mais si je continue comme ça, je ne connaîtrai jamais le flow. Margaux voit bien que je tourne autour du pot par peur, mais peut-être aussi par léger manque d'intérêt, si tant est qu'on puisse trouver le moindre intérêt à une chose qu'on ne comprend ni ne pratique. Or me convaincre de la valeur intellectuelle ou disons littéraire du code, c'est son défi. Elle veut m'entraîner sur cette route où, pionnière, elle est allée. Elle voudrait me faire connaître cette réunification, cette réconciliation des mondes. Alors un jour, elle me parle de Douglas Crockford et me suggère d'aller voir son site.

J'accroche une photo de lui. Il a une vraie tête d'ingénieur américain (ou nordique) né dans les années 1950, un front dégarni, une petite barbe grisonnante, des lunettes en métal, un air sérieux. Il est du même type physique que Guido van Rossum. À leurs côtés, je place d'autres têtes, celles des programmeurs Brendan Eich (JavaScript), James Gosling (Java) ou Linus Torvalds (Linux) dont le public ignore jusqu'aux noms mais que les informaticiens considèrent comme leurs grands hommes. Ces gars-là n'ont jamais porté ni sweat ni capuche : ils sont de la génération d'avant, ils ressemblent plutôt à des cadres austères, ceux qu'à la cantine on évite à moins d'avoir un problème technique à leur soumettre entre la poire et le fromage. On dirait que la rationalité, le calme et le calcul ont modelé leurs traits, leur posture, aimanté leur regard. L'activité computationnelle, le tête-à-tête avec la machine, tout a de l'influence sur le visage, l'air. Sur la ligne d'en dessous, je mets des photos de quelques artistes au physique et à l'âge à peu près semblables, Gerhard Richter, Jonathan Franzen, Steven Soderbergh, au hasard, juste pour comparer. La différence me saute aux yeux, le style, les lunettes, l'allure, l'arrogance de l'artiste narcissique et célèbre. À la limite, seul Steve Jobs pourrait passer pour un des leurs mais précisément, Steve Jobs ne codait pas.

Douglas Crockford est un programmeur, un entrepreneur et un auteur de textes fondamentaux sur le langage dont il est devenu le spécialiste, JavaScript. Jusque-là, rien de particulier. Dans une vidéo, il dit que les codeurs passent apparemment leurs journées à taper sur un clavier mais qu'en vérité, ils contemplent l'abysse en se demandant quoi faire ou comment rectifier ce qu'ils ont fait. Il mime la scène, des doigts qui galopent, un visage tendu qui fixe un écran, le corps coupé en deux : le codeur est un centaure. Quand on va sur le blog de Crockford, on découvre qu'il se mêle aussi de grammaire, de linguistique, de philologie. On y trouve des entrées comme *Alphabet, Pronoms, L'Avenir du texte, Haiku, Lettres muettes, Éléments de style*. Tout n'est pas passionnant mais ce qui frappe, c'est le démon de l'efficacité et de l'économie qui hante toutes ses réflexions et ses propositions. Il chasse la perte de temps, l'hésitation, l'ambiguïté. Pour lui, un signe est un signe au sens où il doit désigner une chose claire et nette, éviter à l'esprit d'hésiter entre plusieurs possibilités, traquer l'inutile, préférer l'uniformité, la règle implacable, à l'exception. Il propose, par exemple, de supprimer de l'alphabet anglais les lettres C et Q qu'il trouve superflues puisque le K et le S suffisent à en produire tous les sons. Il relate l'histoire du pronom *I*, le *je* anglais, dénonce son aberration, suggère sa disparition au profit de *me*. Il propose que toutes les consonnes se prononcent sur le modèle de Bee ou Cee, qu'on dise Mee et Nee et See au lieu de M, N ou S.

On pourrait aussi se passer du X puisqu'on a K et S qui, combinés, produisent les mêmes sons.

Il voudrait rebaptiser les jours de la semaine, que Monday devienne Onesday, Tuesday Twosday, Wednesday Threesday, jusqu'à Sunday qui devrait être Sevensday, le tout abrégeable en 1D, 2D, 3D, etc. Tout est à l'avenant, intelligent et agaçant, de ce genre d'intelligence âpre, acide qui fait grincer des dents, racle le fond de l'assiette à la fourchette. On est à la limite de la dystopie, celle d'un monde clair et net, mais on déplore aussitôt l'absence de la Lune derrière Monday, la silhouette du dieu Woden derrière Wednesday ou l'éclat du soleil dans Sunday. Je pleure la disparition des créatures et des ombres, je déteste ce Crockford qui ne fait que ranger la maison encore et encore. Je trace une croix sur son visage comme sur celui d'un suspect qu'on écarte.

– Tu ne trouves pas qu'il nous fait mieux comprendre ce qu'est une langue ? me dit Margaux.

– Non. Une langue est faite de règles et d'exceptions, dis-je d'une voix cassante.

– C'est vrai, le code ne tolère aucune exception. Quand on y pense…

Quand on y pense, eh bien quoi ? On devrait fuir ? Être encore plus attirée ? Je ne sais pas ce que Margaux veut dire et je ne suis pas certaine d'avoir envie de le savoir. Soudain, ça me reprend, je voudrais tout jeter, le code, la rationalité, tout. J'ai envie d'être poète, déjantée, visionnaire, de chanter sur scène comme au hasard la chanteuse Camille, que jaillissent des sons, des percussions, des cris. Je voudrais vivre dans une troupe de théâtre, ou auprès de Marion toujours. Je me lève, je suis exaspérée, j'ai envie que Margaux s'en aille, l'amour lui a tourné la tête.

Mes nuits sont pleines de rêves. Dans l'un d'eux, Margaux et Boris se chamaillent : Margaux déclare que l'algorithme ne chopera jamais le style de Proust. Boris ricane, personne n'aurait pu prédire il y a trente ans tout ce que ferait l'algorithme aujourd'hui. Un jour, il attrapera Proust dans ses filets, mais vous, les littéraires, vous avez toujours besoin de vous rassurer face à la science et à la machine. Ça vous honore mais vous avez souvent tort, dit-il en embrassant Margaux à pleine bouche.

Mes nuits sont crémeuses comme jamais, de vrais cappuccinos où je tourne, m'enlise ; d'onctueux méandres d'où j'ai du mal à m'extraire. Je me réveille en nage. Au matin, je suce des bâtons de réalité secs quand la nuit je mangeais des fleurs et des baisers.

Pour en finir avec cette indolence, j'écris à Margaux : je lui demande de consacrer la prochaine séance à des éléments de syntaxe purs et durs. Entendu, dit-elle. Mais une heure avant, elle m'écrit qu'elle couve quelque chose, Boris va la remplacer, elle est vraiment désolée. Je panique, je ne veux pas être seule avec Boris. Je préfère annuler, mais Margaux répond : Trop tard, il est déjà en route.

## Boris

Boris sonne. J'entrouvre la porte comme une vieille dame qui se méfie des colporteurs. À la peur s'ajoute la gêne. Si son père me voyait, s'il savait qu'on était là tous les deux chez moi entre cinq et sept. Le monde a tourné, s'est inversé : devant le jeune homme, je suis celle qui rechigne et qu'il faut coincer. Normalement, c'est le jeune homme qui ne veut pas aller à l'école, au bordel, à la guerre. (Au feu, dirait Pierre Michon.) Moi non plus, je ne veux pas, mais on m'y emmène de force. Outre que je les paie pour, Margaux et Boris ont l'air de s'être mis au défi de m'initier, coûte que coûte.

– Je crois qu'avec Margaux, vous discutez beaucoup, mais je te propose qu'aujourd'hui, on reprenne quelques trucs de base.

– Justement, c'est ce que je voulais, dis-je.

– Tu les connais ?

À mon air flottant, Boris insiste.

– Sans les trucs de base, on ne peut rien comprendre au code, à Python. On peut continuer à philosopher mais bon…

Je lui demande ce qu'il appelle « les trucs de base ».

– Les fonctions, les variables, les boucles, la récursivité, les deux, trois articulations typiques du code.

J'avais vu tout ça avec Chloé mais comme je n'ai rien mis en pratique, j'ai tout oublié.

– Allons-y, dis-je comme on se jette à l'eau.

– Tu m'arrêtes dès que tu ne comprends pas, d'accord ?

En plus d'être un petit génie, Boris est un amour de pédagogue.

– D'abord il faut accepter la logique d'ensemble, apprendre à tout décomposer. Il faut construire des routines d'actions, c'est ça un algorithme. Prenons un exemple tout bête : tu as une casserole vide, elle est posée sur la table de la cuisine, devant l'évier, comment tu fais pour la remplir ?

– Je la mets sous le robinet.

– Attends, attends, tu vas trop vite. Tu prends la casserole sur la table, tu la portes sous le robinet, tu ouvres le robinet, tu remplis la casserole, tu fermes le robinet. Tu ne dois rien oublier, chaque étape compte. Le code décompose toutes les tâches. Maintenant, petite variante : tu as déjà une casserole à la main, comment fais-tu pour remplir ta deuxième casserole vide ?

Je fronce les sourcils, je réfléchis, je demande à Boris :

– Elle est vide ou pleine ?

– Peu importe, elle occupe une de tes mains et tu ne peux pas faire tout ce que tu dois faire d'une seule main.

– Donc je dois la poser ?

– Exactement, tu poses la casserole sur la table ensuite tu effectues la routine précédente.

Je me souviens du jeu où je devais poser des briques, en reprendre, actionner les grues de Citizen Code Python.

– En Python comme dans tous les langages, tu as des structures de contrôle qui modifient le comportement d'un programme en fonction de certaines conditions. Ces structures, disons ces mots-clés, sont utilisées pour prendre des décisions en fonction des résultats. Si telle condition est remplie, alors tu fais ça. Si elle ne l'est pas, tu fais autre chose.

– D'accord.

– Tu as devant toi un paquet de cartes. Tu sais qu'il manque une carte, mais tu ne sais pas laquelle c'est. Tu les retournes une à une pour voir la face de chaque carte. À la fin du paquet, tu peux déduire laquelle est manquante. Eh bien, ta variable ou ton paramètre, c'est la carte, l'as, le 2, le 3, le 4, de carreau, de pique, de cœur ou de trèfle, etc. Retourner une carte, c'est ta fonction et tu peux la définir comme ça.

Sur mon ordinateur, Boris tape :

```
def
retourner_carte_manquante(cartes) :
```

Il me parle lentement, comme à une débile. Je ne me formalise pas. S'il accélérait, il me perdrait et il le sait. C'est très rare de ne pas dissimuler ses inaptitudes, ses limites intellectuelles, on s'arrange toujours pour bluffer, surtout à mon âge. Mais là je chasse le bluff et la honte. Devant lui, non seulement je ne sais pas, non seulement je ne suis jamais sûre de comprendre, mais en plus, j'ai l'âge de sa mère. J'inspire un bon coup, je fais un effort et finalement, ce n'est pas si terrible, c'est même rassurant. On sent dans sa chair ce qu'est la relève, le fil des générations, le moment où ce sont les fils qui prennent le relais, vous portent dans le monde, je suis Anchise sur le dos d'Énée et j'y suis bien.

– Vas-y, écris-le toi-même, dit Boris.

Mes doigts tremblent au-dessus du clavier. J'ai toujours pensé que certaines sensations me transformeraient, craquer une allumette, nager sous l'eau, rouler à vélo ou tenir sur la tête. Au fond, ces sensations ne changent pas grand-chose mais elles brillent dans la nuit et mesurent une vie qui s'augmente avec plus de panache que l'addition des années. Je ne me souviens pas du jour où j'ai écrit mes premiers mots mais cette algèbre multicolore qui fleurit sous mes doigts me semble incroyable : je suis la Daphné du Bernin qui voit des feuilles pousser sous ses ongles et la sauver. C'est enfantin, c'est automatique et je n'y suis pour rien, mais sur le moment, ça me grise, je change de monde : je descends dans la soute et je commande le navire.

En vérité, je suis plus rétive que je n'en ai l'air : dès que Boris me donne une instruction, mon esprit ne peut s'empêcher de la convertir en image, métaphore, référence mythologique chargée de symboles, de plis et d'ombres, bref, le contraire du code.

– Dans cette situation, poursuit Boris, comme tu dois retourner les cartes jusqu'à ce que tu trouves le résultat, la carte manquante, on dit que tu fais une boucle de la fonction « retourner une carte ». On dit que ta fonction est récursive, elle va s'appeler elle-même jusqu'à ce que la condition d'arrêt soit atteinte : avoir trouvé la carte qui manque.

La récursivité m'apparaît comme la lame de fond qui balaie les données, brasse les masses de calculs, les passe au crible *jusqu'à ce que*. J'ai souvent visualisé les algorithmes comme de grandes algues au fond de la mer à cause du son, mais aussi pour cette raison que l'algorithme est une faux, une faucille, qui fouette et fauche les masses qui l'entourent. Et Python, l'énorme serpent qui ondule avec lui. L'I.A. devient *les* I.A., les ZI-A qui, au-delà de grouiller, bourdonnent comme des essaims, bzzz, ou sifflent comme des serpents, psss, non plus *sur* mais *dans* nos têtes, à la place de nos pensées et de nos mots.

– Jusque-là, je comprends, dis-je à Boris en repoussant mes visions échevelées.

– En fait, tu n'as pas besoin de parcourir tout le paquet pour savoir quel est le symbole de la carte manquante. Déjà, on va diviser le paquet en deux moitiés qu'on examinera l'une après l'autre. (Coder, c'est sans cesse couper et redécouper le gâteau.) Si la fonction trouve la carte qui manque dans la première moitié, elle ne s'appellera plus.

Quand Boris dit qu'une fonction « s'appelle », moi, je vois le baron Münchhausen qui s'attrape par les cheveux pour s'arracher aux sables mouvants, ce qui donne à la fonction une capacité d'exploit et de panache qu'elle n'a pas.

– Les instructions se formalisent par des *if*, des *elif*, des *else*, poursuit Boris trop concentré pour apercevoir la brume qui brouille mon regard.

Il tape.

```
if x == 1: print("x est égal à 1")
elif x == 2: print("x est égal à 2")
elif x == 3: print("x est égal à 3")
else: print("x n'est ni 1, ni 2, ni 3")
```

Dans cet exemple, le code vérifie d'abord si x est égal à 1, puis s'il est égal à 2, puis s'il est égal à 3. Si aucune de ces conditions n'est vraie, le bloc de code *else* sera exécuté.

– Mais *elif*, c'est quoi déjà ?

Chloé me l'avait expliqué et, bien sûr, j'ai oublié.

– *Elif*, c'est *sinon, sinon si*, littéralement la contraction de *else* et de *if*. *Elif* permet de spécifier une nouvelle condition de l'instruction si la première condition *if* n'est pas satisfaite. *Elif* permet de vérifier plusieurs conditions sans écrire une série d'instructions *if* imbriquées, ce qui peut rendre le code plus facile à lire et à comprendre. *Elif* est une condition alternative.

Regarde, si j'écris :

```
age = 30
if age < 18:
    print("Vous êtes mineur.")
elif age >= 18 and age < 30:
    print("Vous êtes majeur mais pas encore
trentenaire.")
else:
    print("Vous êtes trentenaire ou plus âgé.")
```

*Elif* est aussi la première lettre de l'alphabet arabe, et le mot veut dire connaissance, c'est même un prénom féminin turc très courant. *Elif* me rappelle aussi l'éléphant de Faulkner. En fait, ce qui m'intrigue, c'est que ce mot-valise, ces quatre lettres compactées, traduisent une procédure mentale, une torsion de l'esprit que la grammaire habituelle ne sait pas synthétiser.

– On aurait pu mettre *if not* à la place, ç'aurait été plus simple, dis-je à Boris.

– Non, *if not* s'utilise autrement, elle est plus limitée, uniquement là pour vérifier qu'une condition est fausse.

J'acquiesce mais j'ai comme un nœud dans la tête. D'habitude, un mot-valise dit ce qu'il veut dire assez simplement. *Elif* résiste davantage. On pourrait, par exemple, écrire : « Je vais d'abord à la plage, *elif* je décide d'aller à la montagne » (sous-entendu, s'il fait beau mais sinon). Je me demande si les codeurs parlent comme ça entre eux, si leur syntaxe colonisera la nôtre comme l'anglais ou le verlan colonisent le français. Qu'en auraient pensé les grammairiens de Port-Royal ? Que la condition et la négation ont pris une place prépondérante dans nos circuits et qu'on passe notre temps à répondre à des questions binaires, oui/non, sans même nous en rendre compte. (Par exemple, quand on sélectionne un passage de texte, on répond implicitement *oui* à la question : ce passage doit-il *oui ou non* être différencié ?)

Boris poursuit sans voir que j'ai les joues de plus en plus rouges :

– Ensuite tu as les boucles qui s'écrivent sous forme de *for* et de *while*. C'est une femme qui a eu cette idée au XIX^e siècle, Ada Lovelace.

Évidemment que je connais ce nom. Une Anglaise aussi iconique que Jane Austen dans un autre genre. Ada ceci, Ada cela, on entend parler d'elle à tout bout de champ désormais. C'est devenu une icône pop, il y a même des mugs à son effigie.

Il tape :

```
for i in range(1, 6):
    print(i)
```

Il m'explique :

– Ici, ta boucle va *itérer*, mot très important, elle va s'appliquer successivement aux valeurs de *i*, dans une plage définie par *range(1, 6)* qui va de 1 à 5 inclus. À chaque itération, le code va afficher 1 puis 2 puis 3 puis 4 puis 5.

Ce qu'il fait.

C'est simple.

Maintenant Boris tape :

```
i = 1
while i < 6:
    print(i)
    i += 1
```

– Ici, la boucle *while* continue d'exécuter le bloc de code tant que (*while,* c'est tant que) la condition *i <= 5* est vraie. La variable *i* est initialisée à 1 avant le début de la boucle, et à chaque itération, la valeur de *i* est affichée à l'aide de la fonction *print()*, puis incrémentée de 1 à l'aide de l'opérateur +=. Ça, ça veut dire qu'on ajoute 1 à chaque itération. C'est clair ?

(Je sais qu'à ce stade, ou même avant, des lecteurs vont lâcher le livre, le jeter, s'énerver contre moi, trouver que vraiment j'exagère de mettre des trucs pareils dans un texte soi-disant littéraire, et c'est bien leur droit, mais ce type de réaction est aussi l'une des questions qui m'occupent. Si j'en crois mon expérience, faire l'effort de comprendre ces quelques articulations logiques, c'est tenter de voir à peu près de quoi retourne ce monde inconnu, en marquer le mouvement de l'intérieur, comme un danseur, une chorégraphie difficile, calmer la peur, mais aussi précipiter l'objection immédiate : parce que tu crois qu'avec deux trois éléments de syntaxe tu vas y comprendre quoi que ce soit, ma cocotte ? Eh bien oui, je crois qu'avec quelques rudiments, on éclaire un peu la nuit et que ça suffit.)

– C'est clair ? reprend Boris.

– Oui.

– L'itération est une notion fondamentale. Si tu la comprends bien, tu prends conscience que l'ordinateur ne devine jamais rien, il se contente de calculer *jusqu'à ce que.*

– Oui.

– Je récapitule, dit Boris : *si... alors* : c'est une condition. *Tant que... alors*, c'est une boucle, soit une opération qui marche pour tout, sans qu'on ait besoin de chercher chaque fois une nouvelle méthode opératoire. *Tant que... alors*, avec *for* (*n* fois) : c'est l'itération de la boucle. *For* est ce qu'on appelle un compteur.

– Oui. (Je ne sais rien répondre d'autre.)

– Pars du principe qu'un bon codeur est toujours paresseux…

Ça, je sais pertinemment que c'est faux, il n'y a aucune paresse là-dedans mais une volonté d'optimiser qui relève presque de l'honneur.

– … un bon codeur est économe, poursuit Boris, il cherche toujours la meilleure manière de ne pas répéter inutilement du code. Par souci de logique mais aussi pour économiser de la ressource et de la mémoire car le stockage coûte cher.

```
>>> i = 0
>>> while i < 10:
...     print("Je ne dois pas poser une question sans
lever la main")
...     i += 1
...
Je ne dois pas poser une question sans lever la main
Je ne dois pas poser une question sans lever la main
Je ne dois pas poser une question sans lever la main
Je ne dois pas poser une question sans lever la main
Je ne dois pas poser une question sans lever la main
Je ne dois pas poser une question sans lever la main
Je ne dois pas poser une question sans lever la main
Je ne dois pas poser une question sans lever la main
Je ne dois pas poser une question sans lever la main
Je ne dois pas poser une question sans lever la main
```

Jusque-là, j'ai répondu docilement, comme une bonne élève pas très sûre d'elle, mais avec cette nouvelle boucle, je sursaute. Comme Shelley Duvall dans *Shining*, quand elle découvre, terrifiée, que le manuscrit de Nicholson ne fait que répéter la même phrase folle : `All work and no play makes Jack a dull boy.`

– Si Python avait écrit la phrase de *Shining*, dis-je à Boris, il l'aurait fait en deux lignes, et l'effroi n'aurait pas du tout été le même.

Boris acquiesce, c'est l'un de ses films préférés justement. Son père le lui a fait regarder quand il avait six ans, l'âge de Danny, le petit garçon du film. (Pierre exagère.) Il a toujours rêvé d'avoir des sœurs jumelles afin de les courser à son tour. Un été, alors qu'on avait loué une maison tous ensemble, Boris avait d'ailleurs passé son temps à surprendre mes filles dans les couloirs.

– C'est vrai, reprend-il, mais dans le film et sur la page, tu as forcément un nombre fini alors que Python te fait vraiment l'infini, me dit Boris. Il suffit d'ouvrir une boucle et de ne pas la fermer. Vas-y, écris-la toi-même, la boucle *Shining*.

Je m'exécute lentement, la langue entre les dents :

```
while True:
print("All work and no play makes Jack a dull
boy.")
```

Et Python d'afficher la phrase à l'infini. Je reste sans voix devant ce vertige. Boris sourit.

– Mais l'infini, dit-il, ça crée des bugs dans le code.

Chacun son effroi.

Je souris à mon tour et Boris m'annonce qu'il doit y aller.

Sur le pas de la porte, je lui donne l'enveloppe que j'avais préparée pour Margaux. Il est un peu gêné mais ne la refuse pas. Pour faire diversion, je risque une dernière question.

– Tu écoutes quoi quand tu codes ?

– Du Mozart, toujours, des airs d'opéra.

– Lesquels ?

– Ça dépend. Pourquoi ?

– Oh pour rien, comme ça… Merci, Boris, bonne soirée.

Après son départ, je m'effondre sur le canapé et je passe un long moment à scruter le plafond. La phrase de *Shining* tourne dans ma tête, `All work and no play makes Jack a dull boy, All work and no play makes Jack a dull boy, All work and no play makes Jack a dull boy`… Je pourrais créer l'infini avec d'autres phrases, des phrases à moi, j'en cherche, mais peu à peu, en haut de mes murs blancs, je vois s'imprimer une grecque, une frise de serpents bleus et jaunes, tête-bêche, symétriques et emboîtés, qui s'étend, recouvre les murs, jusqu'à me ligoter dans ses lassos. C'est le logo de Python et j'ai des hallucinations. Heureusement, les formes et les couleurs d'un coup se déforment et se brouillent, s'effritent, se décrochent des murs, tombent en poussière, comme les pierres friables d'une muraille très ancienne. Tout le code s'effondre, disparaît, repart au centre de la Terre, limaille aspirée. Dans ce bruissement poudreux, je m'endors.

## Marion

Le lendemain, j'ajoute la phrase folle et le logo de Python à mon tableau, puis j'appelle Marion. J'ai soudain besoin de la voir comme on a envie de se rincer. Je ne lui parle pas de Python. Nous nous retrouvons pour déjeuner. J'ai l'impression de porter une ceinture d'explosifs, un truc caché qui la menace, nous menace toutes les deux.

Comme d'habitude, Marion est volubile ; elle évoque ses étudiants, ses cours, ses dernières lectures. Elle a beau adorer Virgile, elle est toujours curieuse de découvrir ce qui se fait de plus nouveau, de plus expérimental. J'admire la largeur de son spectre, son insatiable appétit de littérature, sa façon obstinée de ne pas voir le reste et de ne pas en démordre. Avec elle, la littérature ne peut ni mourir ni même ternir.

Je devrais la voir plus souvent. Je devrais me forcer à l'écouter se plaindre de ne pouvoir passer cinq heures d'affilée à lire un roman de Balzac ou de Dumas, revendiquer des vacances consacrées à la lecture, évaluer chaque chose qu'elle fait à l'aune du volume de pages qu'elle aurait pu lire à la place. Quand elle me raconte ses étés, je vois un jardin, un fauteuil à l'ombre d'un figuier, une carafe d'eau fraîche, un éden dont moi, Python m'a chassée.

Marion est une créature désuète sortie d'un roman de Gide ou de Beauvoir. Elle est éloquente, gracieuse, elle dit par exemple que Proust la « requiert tout entière », personne ne parle comme elle. Les algorithmes ne l'intéressent pas, elle dit « je sais mais je préfère ne pas », comme on énonce une liberté fondamentale. Elle ne regarde jamais de séries et me redonne illico l'envie de plonger dans quarante romans épais. Elle lève les yeux quand on lui dit que l'intelligence artificielle connaît mal la littérature, elle ne jubile même pas, elle s'en fiche. Elle campe sur son latin et son grec avec une vaillance qui m'épate. C'est elle qui devrait apprendre à coder, c'est elle qui connaît si bien les traces, les signes, qui relierait à merveille l'antique et le numérique. Et dès que j'essaie d'aborder le sujet, Marion m'oppose son « je sais mais je préfère ne pas », poursuit sur telle pièce qu'elle a vue au théâtre, une nouvelle inédite de James qui vient de paraître. Elle avance même un argument auquel je ne m'attends pas :

– Si on prend, par exemple, un lecteur Blue Ray, dit-elle, c'est sûrement bourré d'électronique et d'algorithmes, mais aujourd'hui, ça coûte dans les cent euros, non ? Tandis qu'un saladier en céramique qui a demandé une technique de fabrication très ancienne peut en valoir des milliers. La valeur que donne le geste humain tient mieux dans le temps, alors, par pitié, arrête de me bassiner avec ton code.

Sa fougue rationnelle m'empêche d'insister, de rétorquer qu'il y a du geste dans le code. Je crois même que je me teste en la testant, je teste mon implication, ma motivation, mes attachements, et si Marion m'emporte avec elle dans une discussion sur le style ou sur la profondeur de champ, car elle est cinéphile, je ne résiste pas. Devant elle, le dicton de Python, « L'explicite vaut mieux que l'implicite », devient soudain tout petit, étriqué, minable, comme « En présence d'ambiguïté, refusez la tentation de deviner », encore pire. Face à la complexité du monde, on peut pratiquer l'ordre du langage informatique, sa précision, sa clarté univoque, ou la pluralité de la littérature qui ne tranche pas. Comme Margaux, on peut passer de l'un à l'autre sans se renier, sans s'amputer de rien, ou comme moi, douter, vaciller, faire la girouette, le yo-yo, penser bêtement qu'il faut choisir.

Au milieu de nos salades niçoises, Marion dépose le sujet du jour : l'éternelle querelle de *La Princesse de Clèves* a repris. Ses étudiantes y voient un manifeste féministe avant l'heure, le refus total du consentement, un non massif à l'emprise, au harcèlement de Nemours.

– C'est nouveau, ça vient d'Amérique, conclut-elle.

– Dire que nous, on passait notre temps à questionner l'aveu de la princesse, à l'accuser d'avoir entraîné la mort de sa mère et de son mari, à ne pas comprendre pourquoi elle refusait la passion, à la traiter de folle, d'imbécile.

– Eh bien les filles d'aujourd'hui trouvent au contraire qu'elle est géniale, reprend Marion. Pour elles, avoir fait mourir la mère et le mari, c'est la preuve d'une émancipation, d'une atteinte décisive à l'ordre patriarcal. Bref, on a changé d'époque et le roman tient toujours, j'en ai des frissons, et c'est ce qui compte, qu'il tienne, qu'il traverse encore les siècles.

Python n'aurait jamais accueilli tant de possibles. Avec Python, on saurait clairement quoi penser de l'attitude de la princesse et on saurait même dater l'âge auquel elle est morte alors que le roman se contente de dire que sa vie « fut assez courte », ah oui ? Mais courte comment ? Marion a raison, ça donne des frissons, alors que Python ne me donne que des hallucinations. Je perds au change.

Je ne veux pas quitter Marion et, à la fin du déjeuner, je lui propose qu'on aille revoir *Les Nymphéas* de Monet au musée de l'Orangerie. Encore ? Elle essaie de compter le nombre de fois où nous y sommes déjà allées ensemble, huit ? neuf ? Elle n'y arrive pas, elle accepte.

Entre Marion et Monet, je suis bardée, tranquille pour un moment. L'art m'encercle et me protège de tout, le progrès, la science, la guerre. Nous nous asseyons sur l'un des bancs, nous ne parlons plus, c'est inutile, car nous savons que devant *Les Nymphéas*, nous pensons aux mêmes choses : la façon dont l'art malaxe ses enjeux (représenter oui mais comment ?), dont il atteint la frontière, bascule de l'autre côté, revient. Python soudain est loin, très loin.

À mon tableau quand je rentre, j'ajoute une reproduction des *Nymphéas* et, à l'autre bout, un portrait de Marion, je trace une ligne entre mes deux garde-fous, une corde, un rempart. Je reste longtemps devant sans bouger puis j'en modifie tout l'agencement.

Sur la ligne la plus haute, j'aligne les portraits de Boris, Chloé, Margaux, Marion, mes repères, mes vivants, les témoins de mon jeu, les personnages de mon livre. (Je troque leurs photos contre des dessins au crayon.) Il reste de la place à la droite de Marion, je pourrai en ajouter d'autres. Je mets Faulkner en sandwich entre le gigantesque ordinateur ENIAC et un microprocesseur minuscule tenu par quatre doigts, j'ai mes deux infinis. Je zoome sur les femmes en jupe qui branchent et débranchent les câbles de l'ENIAC et, juste à côté, sur un geek à capuche *wired in*, sans fil, intériorisé, son code est son corps. Je relie l'ancien et l'actuel, l'archaïque et le numérique. Boris m'a bien dit que le code utilise les vieux caractères de machine à écrire car ce sont des polices monospace, tous les caractères y occupent la même place, ça crée des alignements très nets, très lisibles. Je m'en vanterai auprès de Marion qui, une fois de plus, s'en fichera éperdument et me traînera de force à une performance poétique. Ses yeux brilleront dans le noir et toute ma perplexité reviendra, mes soupçons de pose, de mystique et de snobisme, au milieu desquels Python repointera le bout de son nez (ou de sa langue perfide).

Me voici repartie à contempler mon collage en me demandant si c'est un puzzle ou le tableau de bord d'une enquête criminelle. Mais le code n'a tué personne. Si c'est un puzzle, je devrais mettre Grace Hopper sous l'ENIAC et von Neumann sous le microprocesseur. Si c'est un jeu de l'oie ou un circuit, je devrais mettre une page de binaire au début et une page de Python à la fin. Il y a deux chemins, celui des machines et celui des instructions que leur donnent les hommes. L'un ne va pas sans l'autre, reste à savoir où est la poule et où est l'œuf ou, en d'autres termes, ce qui déclenche, donne l'impulsion : la matière – métal, silicium, polymères, verre – ou l'esprit, l'absence de matière. Les codeurs n'ont que faire des processeurs du moment qu'ils font tourner leurs machines et leurs serveurs. Amazing Grace les aurait peut-être trouvés ingrats.

# Solange

Je vais à Angers pour parler de littérature dans un festival. Je m'arrête au kiosque de la gare, je parcours les rayons d'un œil distrait. Les quotidiens ne me captivent pas, les hebdomadaires non plus. Puis j'avise le nom de Python sur la couverture d'un magazine qui s'appelle [*cødıng*]. Il y en a plein d'autres autour. C'est la première fois de ma vie que je feuillette un truc pareil et heureusement, personne ne me voit. Si quelqu'un d'autre le faisait, ce serait un homme, il aurait mon âge, des lunettes et des cheveux gris, et, devant lui, j'aurais l'impression de feuilleter un magazine porno. Le jeune homme, lui, ne lit évidemment rien sur papier – c'est pour lui la civilisation de la brique et du mortier –, il ne sait même pas qu'une telle revue existe ou il pense qu'elle est destinée à son grand-père qui aimerait tellement s'y mettre. Je vais à la caisse, on me demande 16,50 €. C'est cher, mais je me dépêche de payer et de fourrer le magazine au fond de mon sac.

J'ai deux heures de train. Je lis quelques articles sans tout comprendre puis je décide de faire le quiz « Testez vos connaissances en Python ». Sur ma tablette, je pose un crayon, une gomme et mon téléphone pour calculer, chercher des explications. Les deux heures de mon trajet sont broyées par ce quiz dont les questions sont de plus en plus corsées et qui, contrairement aux tests des magazines féminins, ne comptabilise pas vos points à la fin, ne dessine pas votre profil. De toute façon, je n'ai besoin de personne pour savoir que je suis une grande débutante.

On m'attend à la gare d'Angers avec une pancarte à mon nom. C'est une femme d'environ soixante-dix ans qui se présente, elle s'appelle Solange. Une fois dans la voiture, elle me dit combien elle aime mes livres, comme la littérature compte pour elle, déplore que ses petits-enfants ne lisent pas, bref, la chanson habituelle. Je souris mais je suis encore chiffonnée par le quiz Python. Pendant qu'elle parle, ma tête dodeline, je fais mine de rejoindre Solange sur son île de livres. Bientôt la question « quel livre emporteriez-vous sur une île déserte ? » n'aura d'ailleurs plus aucun sens puisque ce livre ne viendra plus à l'esprit de personne, si ce n'est pour aggraver l'épreuve de la solitude, amplifier le cauchemar. L'indifférence de ses petits-enfants ou la ferveur de Solange, finalement, c'est pareil, les deux me mènent tout droit à la mort.

Une fois arrivée dans l'auditorium, je découvre une assemblée âgée, féminine, rien de surprenant. Je m'installe. J'ai préparé un topo sur mes influences artistiques, les enjeux du roman aujourd'hui. Au bout de trente minutes, alors que je viens de parler de Perec, ma langue fourche sur le nom de Python, et je m'entends dire à ce parterre de retraitées que pendant que nous sommes ici, de jeunes gens codent jour et nuit. Me voilà lancée. J'emploie des mots techniques, je parle de péremption, de futur, de savoirs dépassés, je plante de petits poignards dans la chair fatiguée de ces pauvres femmes. Je dis « les écritures » en jouant sur les mots parce que je sais qu'il y a parmi elles de nombreuses catholiques, j'en vois certaines qui sourient. Je raconte l'excitation et le désarroi que me cause Python. Je crâne un peu ; à m'entendre, on dirait que j'ai vingt ans et que je code jour et nuit.

Dans les rangs, on s'agite, on murmure, la houle du mécontentement grossit. Quand commencent les questions du public, on m'accuse de sabordage, de scier la branche sur laquelle je suis assise, de précipiter ma chute et celle de l'humanisme. Une femme se lève et s'insurge contre mes tentatives de rajeunissement, elle me dit d'essayer la chirurgie esthétique plutôt que de les bassiner avec Python. Elle est sans filtre. Je ne peux en effet pas nier que Python est aussi une question de peau et que je suis désormais fascinée par celle des jeunes filles (notamment ce bombé de poupée entre la paupière inférieure et la pommette, lisse, tendu, parfait, que rien ne creuse ou n'entache), mais je réponds que le problème est ailleurs.

Une autre dame me rappelle que je suis écrivain et qu'on n'a pas besoin de moi pour défendre l'informatique. Je m'abstiens de répondre que ce n'est pas l'informatique que je défends. Un vent de révolte souffle maintenant dans toute la salle : on brandit les smartphones, on veut brûler la technologie, briser les machines. Des femmes se lèvent, d'autres s'en vont. Celles qui restent se déchaînent. C'est un cauchemar, j'hésite entre l'insurrection luddite et l'autodafé nazi. Je suis attaquée de toutes parts et je n'ai plus assez de mes bras pour me protéger. Comme Tippi Hedren qui, sous l'assaut des corbeaux de Hitchcock, aurait dû retirer ses escarpins en python pour courir. En réalité, je ne suis plus du tout sûre que ses escarpins soient en python (son sac oui), je ne trouve rien sur Internet et Chat-GPT me répond qu'elle portait des chaussures plates et des bottes dans ce film. N'importe quoi. Je demande à Hélène Frappat qui a consacré tout un livre à l'actrice et qui me répond « du python, oui et non ». Je garde le oui, je jette le non.

À la fin de la séance, Solange me ramène à la gare. Elle a un air navré, dépité, elle ne m'aime plus mais alors plus du tout. Elle conduit en silence. Je me tais moi aussi, puis en partant, je souris et je la remercie. Elle ne sort pas de sa voiture, démarre aussitôt. J'entends déjà mon éditeur me reprocher d'avoir traumatisé mon public. En allant vers mon train, je cherche une poubelle et je jette le magazine *[cøding]*. Je m'en veux, j'ai cédé à la facilité en m'en prenant à ces vieilles dames sans défense alors que devant de jeunes hommes, je n'aurais jamais osé.

J'aurais dû photographier Solange ou n'importe laquelle des femmes de l'assemblée pour la placer à côté de Marion sur mon tableau. Elles auraient veillé sur moi comme des mères. Mais mon tableau est devenu un mur surchargé, contradictoire et effrayant, alors je décide une fois encore de tout reprendre. J'enlève toutes les images du haut. Dans le coin supérieur gauche, je mets du code binaire et, en diagonale, en bas à droite, du Python. Tout le reste se trouvera sur le chemin qui mène de l'un à l'autre. Sur la ligne horizontale supérieure, à côté des portraits crayonnés de Boris, Chloé, Margaux, Marion, j'ajoute ceux de Sophie de l'école 42 et Solange (une septuagénaire à cheveux courts et blancs quelconque trouvée en ligne). Et encore au-dessus, sous le haut patronage de Carrie Mathison, la frise de mes premières images, des photos de jeunes hommes entre eux qui codent, dansent, boivent, se battent, se dénudent, se reluquent. Ça donne un semblant de structure à l'ensemble.

Mon tableau emprunte maintenant à différents genres, cadavre exquis, arbre généalogique, circuit électronique. Je remplace frénétiquement les Post-it bleu ciel par des images, je crée des séries, des échos, des symétries, j'écris un livre debout, à la verticale du sol. Je suis emportée mais chaque fois que je recule, je ne discerne toujours ni chemin ni coupable. Ni crime. Je continue en m'entendant répéter « le jeune homme et le code » comme une parole magique qui croiserait Schubert, *la jeune fille et la mort*, et Taxi Girl, *Cherchez le garçon*... Pourtant, si je regarde bien, la ligne de mes personnages ne compte qu'un seul jeune homme, Boris, pour tout un tas de filles. Mais à la droite de Marion, il reste encore un peu de place et soudain, le sol se dérobe, mes jambes mollissent au-dessus d'un vide qui s'agrandit à mesure que je le fixe. Je vacille, je suis obligée de m'asseoir. *Trouvez son nom*...

## Simon

Je devrais me taper le front mais non, je suis hébétée. Plusieurs indices auraient dû me mettre sur la voie mais j'ai tout ignoré. Je me relève tout doucement et me dirige vers la petite commode. J'ouvre le premier tiroir, le deuxième, et, dans le fatras des papiers, je finis par trouver la photo. C'est une pile qui coule dans mon circuit.

Il porte une chemise à fleurs. Je me souviens de ma mère qui, par la fenêtre, le regarde marcher en bas de notre immeuble puis qui dit, il a des hanches, ton ami, ce garçon a un corps de fille. (J'ai appris depuis qu'on dit gynoïde.) Je l'avais certes remarqué mais je n'osais pas me le formuler, je trouvais ça insultant, un peu monstrueux. Je proteste, je nie, j'enjoins à ma mère de mettre ses lunettes.

Gynoïde ou pas, Simon regarde les garçons comme on regarde habituellement les jeunes filles, d'un œil avide, affamé. Dans la rue, il détaille les épaules, les dos, les fesses, tout ce que le jean moule, les creux, les bosses, il donne des notes. Il susurre toujours la même phrase, regarde-moi ce beau jeune homme, comme s'il était beaucoup plus âgé. Sous ses yeux, soudain, ce sont des proies qu'il repère partout. Il les suit, les rejoint dans un bosquet, une impasse, une cabine de piscine, ne s'attarde jamais longtemps. Ensuite il me raconte, tantôt dans le détail tantôt sans.

On ne se connaît que depuis quelques semaines qu'il dépose sous mon lit une pile de magazines érotiques (pornographiques même) pour que sa mère ne tombe pas dessus en passant l'aspirateur. Je dors sur des images d'éphèbes et de bad boys qui se sucent et s'enculent. Je dors au-dessus de backrooms, de docks et de passages souterrains. J'apprends et je désapprends du même coup : j'apprends une sexualité brute, à cru ; je désapprends le manège de la galanterie. Je devine – et Simon aime à le confirmer – que les garçons hétérosexuels, s'ils le pouvaient, traiteraient les filles exactement comme les garçons traitent les garçons, sans prendre de gants, en allant droit au but, sans chichis, comme dit Simon, sous-entendu les chichis, c'est pour les filles. Si on pousse l'image jusqu'au bout, on arrive au « barebacking » de Guillaume Dustan (que Simon lisait).

Grâce à lui, je découvre ce qu'est vraiment un garçon, l'essence d'une virilité exclusive, celle qui ne s'exprime qu'entre hommes et qui, en présence d'une femme, doit se déguiser, s'excuser, s'amenuiser. Je vois ce qu'on ne voit que là, à savoir que les hétérosexuels qui épinglent les lopettes, les tarlouzes, fiottes et autres tafioles, n'accèdent en fait jamais à la virilité suprême. L'injure étanche la frustration. Je touche la rive du paradoxe : les vrais hommes ne sont pas ceux qu'on croit, les vrais hommes n'aiment que les hommes (donc les vrais hommes ne m'aiment pas).

Quand Simon parle des filles, il les adore et les maudit. Dans son monde, le jeune homme ne me voit pas (déjà), mais Simon, lui, vante la douceur de ma peau, la couleur de mes yeux, de mes cheveux, et ses parents me prennent pour sa petite amie. Je suis sa couverture, sa légende de garçon normal car elle me rend unique, exceptionnelle. Simon m'apprend à détester les chichis, à être la seule fille de la bande, qui, à force, reste au milieu du gué, ni d'ici ni de là, ni fille ni garçon, mais alors quoi ? Devant ma glace, je m'entraîne à certains mouvements d'épaules, de bassin, je me déhanche d'une façon saccadée, je suis une fille qui cherche à paraître gynoïde, le comble. Je convoite la masculinité ultime.

Mes mains tremblent. Je ne sais où placer la photo de Simon. Je la mets sous Boris, puis sous Margaux, puis sous Marion. Je pourrais la mettre partout comme Carrie avec le visage de Brody, mais non. Je la place à la droite de Marion, puis je la fais glisser encore plus à droite, bien à l'écart. Simon est mon joker, il transforme tout mon jeu, mais je ne veux ni me laisser trop impressionner par ma découverte ni dévier de mon projet, d'autant que sa photo, à la différence de toutes les autres, fait grésiller le silence. Je l'enlève et lui coupe le sifflet. À la place, sans du tout appuyer sur le crayon, je griffonne un croquis de lui avec chemise à fleurs dont il me revient qu'elles étaient bleues. Je plante un aimant entre ses yeux, puis je le retire pour le remettre plus haut sur son front. De nouveau, le silence est total.

Une heure plus tard, je réécris à Sophie, la directrice de 42. Je lui dis la vérité, je ne passerai pas les tests, je ne tenterai pas la Piscine, mais je voudrais venir m'immerger dans le code. Elle doit tordre le nez mais elle répond, entendu, c'est d'accord.

Je m'installe au premier étage, à l'écart des rangées, devant une petite table vide qui ne sert à personne. Ici, tout le monde a réussi la Piscine et suit le cursus en trois ans. Les regards sont aussi soutenus que les corps nonchalants. Certains déambulent, vont boire, se brosser les dents avec un tube de dentifrice qui dépasse de leur poche. Les filles ont les cheveux roses, rouges, bleus. Personne ne tape vite. Je suis celle qui tape le plus vite. Soit c'est une légende soit c'est à cause du niveau, puisque ce sont encore des apprentis. Soit c'est parce qu'avec les claviers blancs des grands Mac, rien ne s'entend. (Dans les films, on voit plutôt les codeurs taper bruyamment sur des claviers noirs de PC car on a besoin que ça claque.) Les étudiants scrutent leurs écrans longuement, lentement, seuls ou à deux, avec le voisin. Ils font rouler leur siège d'un écran à l'autre, discutent d'une ligne à la lettre près, puis repartent. Le code est l'école du scrupule.

Il fait très chaud à cause des centaines d'ordinateurs qui tournent. Certains enlèvent leurs chaussures, leurs vêtements, beaucoup sont en t-shirt, en débardeur. Parfois j'hésite sur une silhouette, fille ou garçon ? Deux personnes passent dans les rangées pour assurer une sorte de maintenance à la carte. L'une est imperceptiblement une fille, l'autre très perceptiblement, longs cheveux blonds, maquillage prononcé, seins en avant, sourire franc. Je me dis qu'elle a bien choisi son travail et que des conquêtes, elle doit en faire dix à la journée.

Une personne sur deux porte un sweat à capuche. Il y a quelques spécimens de laideur, de grosseur, d'extrême négligence physique. Certains geeks sont de vrais freaks, comme dans les années 1920.

À 42, on voit aussi des filles voilées, des gars de la cité, on préfère les savoir ici, certains même avec leur barbe et leurs chaînes en or, plutôt qu'au bas des immeubles. On se demande s'ils graviront des échelons ou s'ils resteront une éternelle main-d'œuvre qualifiée. 42 n'est pas une pépinière de la Silicon Valley car il y a codeur et codeur, même dans la Silicon Valley. Ici, on a plutôt l'impression d'être dans une fabrique, une usine à codeurs, en présence d'une chair à machine disponible jour et nuit. Ce sont bien des soutiers qui œuvrent là, un prolétariat crédule, dupe de ses baskets et de ses airs décontractés. Tous ces gars survivront-ils à Chat-GPT qui assumera bientôt tout le petit code, le code basique, qui supplantera ces bataillons de petites mains, en mettra certainement beaucoup sur le carreau ?

Mais j'ai beau repousser Simon sous les eaux de la piscine, il refait surface dans les travées de 42. Dès qu'un gars se lève pour sortir, aller aux toilettes, Simon le suit. Il détaille la carrure, le cul, la démarche, me fait des signes de loin, propose une note entre un et dix. Il est content qu'il fasse chaud, on reluque mieux. Je suis sûre que malgré les capuches, les airs introvertis et les corps avachis, il saurait flairer le bon coup. Ou du moins le distinguer pour le former, l'initier à d'autres mystères que Python, dans des backrooms qu'il improviserait en deux temps trois mouvements.

Au-delà de la drague, Simon apprendrait vraiment à coder, lui aussi reclus jour et nuit, un casque vissé sur les oreilles en écoutant des airs d'opéra. De Monteverdi à Rossini, il connaissait toutes les versions de tous les opéras, toutes les voix, les chanteurs, les chanteuses, il entendait ce que personne n'entend, incollable, *wired in* avant l'heure. Un jour il m'a dit, écoute, et il a mis son casque sur mes oreilles (comme dans *La Boum*) : c'était l'air des masques de *Don Giovanni*. Je n'avais jamais rien entendu d'aussi beau.

Sur mon tableau, j'accroche une image du film de Losey que nous avons vu et revu. Je décroche le portrait de Simon et lui ajoute un casque sur les oreilles, le même que Boris. C'était couru, Simon va creuser dans son coin un tableau dans mon tableau. Je rapatrie dans son carré l'image de Brando à la peau de serpent, Snakeskin, le surnom de son personnage. Ce film de Lumet, c'est aussi lui qui me l'a montré en me disant, écoute bien la peau de serpent, elle bruisse dans tous les plans où elle apparaît. Il avait raison et, comme par hasard, ce film raconte l'histoire d'un jeune homme de trente ans et d'une femme de cinquante. Brando y est d'une beauté suffocante et Lady Magnani égale à elle-même, maternelle, hystérique, amère, tout sauf baisable (donc icône gay, CQFD). Lors de la première apparition de Brando, on le voit sortir d'une cage (une prison) et, à la dernière, être poussé par les pompiers dans les flammes de l'enfer à coups de lance. Le serpent se bat contre le dragon pyromane, reptile contre reptile, le serpent se bat contre lui-même, mais sa peau ne brûle pas. À la toute fin, la jeune fille qui, selon Simon, me ressemble, emporte avec elle la peau de serpent, intacte sur son dos, talisman, relique, viatique. Écoute, écoute, disait-il, c'est fini, tu entends ? elle ne fait plus aucun bruit.

Dans la foulée, d'autres icônes rejoignent le carré de Simon, Freddie Mercury, Koltès, Chéreau, mon cimetière s'agrandit. Je vais bientôt avoir besoin de deux murs. Au milieu de cette forêt gorgée de sexe, je déambule sans me risquer, le loup ne me voit même pas. C'est une jungle où je ne suis pas une proie et souvent j'adore ça (pas toujours). Il arrive que Simon me présente des garçons, me jette dans leurs bras, mais même là, je n'existe pas, simple courroie, je ne compte pas. Liz Taylor dans *Soudain l'été dernier* est fascinée, traumatisée par son cousin qui se sert d'elle comme d'un appât pour attirer les jeunes gens.

Je revois la scène des tortues (encore des reptiles), les rapaces qui les dépècent. Et, comme par hasard, Warhol choisit une photo de ce film pour composer son *Ten Lizes* (*Dix Liz*), immortaliser l'air d'une femme sans cote qui, de beauté suprême, deviendra obèse, icône gay et pasionaria du sida. (L'icône gay est un destin possible pour l'ancienne beauté.) À toutes ces images, j'ajoute une photo de Mapplethorpe qui met des pythons sur des garçons. Tout ne tient peut-être qu'à ce nom, à ce fétiche.

Dans les contes, les jeunes filles se protègent du sexe en revêtant des peaux de bête. Je suis plus âgée que toutes les héroïnes des contes mais Python est la peau que Simon me laisse en disparaissant. Scalpé, écorché, c'est lui mon principal suspect. Je n'ai pas revu Simon depuis des années. Il gît au fond d'une nuit d'un noir qui absorbe toute la lumière. C'est un noir si profond qu'il forme un trou terrifiant où tombent les vivants. Mon suspect est donc une victime (comme Brody).

À quinze ans, Simon avait tout lu, Molière, Saint-Simon, Balzac, Tolstoï, mais, entre deux livres, il retournait régulièrement au sexe cru, sa seule mystique. Il avait beau sangloter sur *La Traviata*, il se pâmait devant le cuir et le muscle. Chez Racine, il en pinçait pour Hippolyte, le jeune homme dont s'éprend Phèdre, le fils sublime de l'Amazone, dans le fond des forêts allaient-ils forniquer ? disait-il. (Je souris mais devant Boris et Margaux, je suis quasiment Phèdre devant Hippolyte et Aricie.)

Simon, c'est l'exact opposé de Marion, un Jiminy Cricket que rien ne dupe. Il aimait passionnément la littérature mais quand on commençait à parler de l'écriture comme d'une condition existentielle ou d'un mystère, il levait les yeux au ciel, soupirait, pas question d'invoquer Orphée, et qui l'invoquait passait pour cuistre ou benêt. Ce qui comptait, c'était le travail, le génie du geste, de la vision, la lettre du texte, la note juste, le tombé parfait. Je n'ai jamais présenté Simon à Marion car j'avais besoin de mes deux jambes pour marcher, l'ironie et la mystique. Et aujourd'hui que je n'en ai plus qu'une, je cherche l'autre comme un membre fantôme. Alors je déserte la littérature pour le code, je la démonétise encore et encore jusqu'à ce qu'elle se venge et me manque. Comme Simon.

J'imagine Simon devant mon tableau qui pinaille, qui cherche de son esprit mandibulaire à suivre les liens, à tracer des trajectoires plus sensées. Je l'entends me dire que la moindre des choses eût été d'apprendre à coder, pour de vrai, pas de loin, lui l'aurait fait. Il n'y a que ça de vrai, disait-il, apprendre les langues pour chanter, bel canto, lieder, tango, fado… Sa voix se déploie devant moi puis se rétracte comme un serpent au fond de son corps pour finalement l'avaler tout entier. Boa constrictor avec dedans l'éléphant, comme dans *Le Petit Prince*, qui me ramène à Faulkner, au feu, à Python que, pour les beaux yeux d'un jeune homme, Simon aurait sûrement parlé, voire chanté. Mais je m'emballe et déjà, je le vois qui se trouble devant son carré, se perd, se souvient de tout ce qu'il a chéri, heureusement que tu es là, me dit-il, avant de s'assombrir, maugréer, je ne veux plus rien voir de tout ça, et tourner les talons.

À d'autres moments, j'entraîne Simon dans le sillage d'une phrase lyrique, aguicheuse, « Viens avec moi, allons voir les grands requins ». J'espère que ces mots le décideront à quitter son lit, à prendre un bain, revêtir son plus bel habit et sortir, mais même dans mon rêve, ça ne marche pas, Simon n'est pas Marion, il trouve mes

« grands requins » parfaitement crétins et me répond que je suis trop dupe, que je ne connais rien aux vrais prédateurs.

Quoi que je fasse, Simon ne viendra pas. Depuis des années, Simon ne sort plus, ne veut plus voir personne et se contente de regarder d'insipides téléfilms sur TF1 à longueur de journée. Un temps, il m'écrivait pour me demander de lui raconter ma vie, sous-entendant que de la sienne, il n'y avait plus rien à raconter, et je le faisais de bon cœur, mais un jour, il a arrêté. L'aigreur le consume à petit feu, elle a tout brûlé. Simon est devenu un vieux monsieur amer qui, s'il était dans la pièce, se plaindrait d'un courant d'air, de la lumière, d'une migraine, d'une nausée, d'un lumbago qui ne passe pas. Les événements de son corps sont devenus les seules inflexions de sa vie, dormir, se réveiller, localiser d'où vient le mal, prendre un cachet, se rendormir. Je le verrais marcher dans la pièce lentement, voûté sur ce qu'il nomme sa vie ratée. Et je serais là devant mon tableau avec ce totem, cette dépouille sur les bras, la vie ratée de Simon. C'est une enveloppe sèche, une peau craquelée qui autrefois se tendait sur un corps glorieux. À sa mort, on trouvera sûrement des manuscrits dans ses tiroirs, à moins qu'il ne brûle tout d'ici là ou ne laisse un mot qui me demande de le faire. Je n'ai jamais compris pourquoi Kafka avait demandé ça à Max Brod au lieu de le faire lui-même. C'est une demande truquée qui incite n'importe qui à sauver n'importe quoi des flammes. Simon ne m'a jamais rien fait lire, il disait que, de nous deux, l'écrivain, c'était moi, point barre.

Devant mon tableau, je recule. Au centre du cercle noir, j'écris en blanc 0/1. Ces trois signes entrelacent le mystère de Simon et de Python. Comment Simon est-il tombé dans ce trou ? Comment ces deux signaux rudimentaires en arrivent-ils à encoder toutes nos actions, toutes nos œuvres et toutes nos pensées ? Les deux questions se confondent en dépit du bon sens. Je fouille Python et je trouve Simon.

Au premier étage de l'école 42, attablée dans mon coin, j'essaie de ne plus penser à Simon à qui j'ai encore écrit il y a trois jours et qui ne m'a pas répondu. Je me dis toujours deux choses contradictoires à son sujet : il va me répondre et ça va repartir, ou il ne va plus me répondre et je n'entendrai plus jamais parler de lui. Heureusement, je croise Sophie, je ne l'ai pas vue depuis longtemps, sa silhouette campée éclipse immédiatement l'ombre de Simon : elle est tout ce qu'il déteste, camarade, virile, naturelle, alors qu'il aime les femmes suaves et sophistiquées, celles qu'il me montrait comme des modèles de féminité auxquels je n'accéderais jamais avec peut-être une pointe de perversité. (Elles m'ancraient davantage au milieu du gué, quelle sorte de fille étais-je donc ?)

– Alors, ça avance ? me demande Sophie.

Sa question sonne comme un « ça pousse ? » qu'on déteste entendre enfant. Je bredouille.

– Oui… oui.

En fait, non, Sophie, je suis enlisée, pourrais-je répondre, mais elle doit faire tourner un paquebot de trois étages alors mes états d'âme honnêtement… Sans compter que pour elle, la littérature n'est guère qu'un vague truc informe qui traîne à côté de ce qui l'intéresse. Devant Sophie, je suis comme Paul Valéry au congrès des chirurgiens de 1938 qui leur fait part de ses complexes d'écrivain, leur explique que ses mains ne manipulent que des chimères. Mais c'était une époque où les chirurgiens aimaient les humanités alors que Sophie et ses sbires s'en fichent comme de l'an 40, Sophie n'est pas Henri Mondor. Le codeur n'ouvre pas les corps, même plus celui de sa machine, et s'il utilise l'œil et la main, il n'a aucun pouvoir de vie et de mort, n'exagérons rien. Il a seulement l'immense pouvoir de l'ombre, ce qui est déjà gage de sa puissance, un pouvoir sur la vitesse d'action, la péremption, le réglage de l'obsolescence et du temps qui passe, avance, file.

Sophie tourne les talons et mon téléphone vibre. Simon répond « ça va » sans majuscule ni ponctuation, même pas de « et toi ? », on n'en est plus là. Ses messages laconiques ne servent qu'à me signifier qu'il est en vie et il le sait. J'aurais dû m'en douter dès ce jour où il avait disparu pendant des semaines.

Après avoir sonné des dizaines de fois et m'être assise sur le palier, il avait fini par m'ouvrir. Son studio était sombre, confiné, jonché de chaussettes, de disques, de cendriers pleins, comme dans les films d'Eustache. (Ce type de désordre n'existe plus.)

Simon était en jogging, barbu, les cheveux gras, ses grosses lunettes sur le nez au lieu de ses lentilles. Il n'était pas sorti depuis trente-deux jours, il avait compté. Tout allait bien, disait-il, il s'était plongé dans une série d'enregistrements des *Noces* (*de Figaro*) en se débrouillant pour faire venir quelques garçons à domicile en même temps que des *Regina* (il le disait avec l'accent). Dans la cuisine, une pile d'assiettes sales rendait l'évier impraticable, sans parler des cartons de pizzas qui s'entassaient autour d'une poubelle pleine à ras bords. C'était effrayant, mites et blattes s'en donnaient à cœur joie. J'étais partagée entre le plaisir de le revoir et la terreur de constater qu'il pouvait disparaître, une fois de plus arpenter une zone où je n'accédais pas, avec de jeunes hommes tarifés qui acceptaient de frotter leurs corps contre des parois râpeuses, insalubres, draps, peaux, murs, moquettes, en écoutant Mozart, la nuit.

Sophie s'éloigne. Je ne renvoie pas de message à Simon et, dans ce bloc de béton, je me sens plus seule que jamais face à Python. Je sors, je marche longtemps sur le boulevard Bessières, la littérature, le code, à vrai dire, je m'en fous, qu'ils s'affrontent, s'entre-tuent dans un combat que j'ai peut-être inventé pour oublier que Simon est en train de mourir. Ce n'est pas rare qu'un ami se suicide, meure dans un accident ou de maladie, mais qu'un ami à qui on tend une main d'abord solide, puis si molle qu'elle n'attrape plus rien, s'éteigne à petit feu dans le lointain, c'est déjà plus rare. Et plus rare encore, que la vie de cet ami devienne l'ombre portée de chaque segment de la vôtre, comme celle de Simon qui me permet de mesurer l'éclat de la mienne tout en rendant cet éclat arbitraire, injuste : pourquoi moi et pas lui ? (Pourquoi lui s'éteint et pas moi ? Pourquoi 0 et pas 1 ?) Tout diminué qu'il est, Simon m'assure le long d'une paroi rocheuse sur laquelle je continue de me hisser. Et il ne doit surtout pas mourir car c'est son agonie qui garantit ma survie.

Par le plus grand des hasards, je croise Margaux sur le boulevard. Il y a un moment de gêne entre nous, ça fait longtemps et, la dernière fois, j'étais à cran. Je lui propose d'aller boire un thé, elle hésite un instant, puis elle accepte. Je lui demande des nouvelles de Boris. Il a un nouveau projet, elle le voit peu ces derniers temps, il est complètement dedans.

– Ah oui et c'est quoi ce projet ?

– Un truc révolutionnaire, dit-elle en s'excusant de ne pas pouvoir en dire plus.

Évidemment.

– Et ton projet à toi, il avance ? demande-t-elle.

Je suis devenue le personnage de Gide dans *Paludes* à qui chacun demande « Qu'est-ce que tu fais ? » et qui invariablement répond « J'écris *Paludes* ». Je patauge dans mon marécage mais je n'en laisse rien paraître et je dis oui, oui, ça avance. J'écris *Python.* Margaux est curieuse, elle pose des questions, je reste évasive. Elle me dit à quel point elle compte sur moi pour faire le lien. Il y a tant de trucs qui s'écrivent sur le sujet, tant de livres qui paraissent et qui passent à côté. Sa demande m'écrase mais je la trouve affectueuse et je l'invite à dîner. Mes filles seront ravies de la rencontrer. On prend date.

Sur mon tableau, le profil de Jesse Eisenberg vient rejoindre celui de Mark Zuckerberg. Ainsi emboîtés, ils recomposent le visage d'un roman national. Après le cinéma, Internet est l'enfant de la technologie et d'un rêve américain. On pourrait frapper des dollars à l'effigie de ce nouveau visage qui promet plus que la Lune, Mars, l'immortalité.

Au temps de la guerre froide, quand il fallait gagner à tout prix, l'Amérique ne parlait pas de Bien mais de victoire sur l'ennemi. Avec la guerre du Vietnam, les jeunes gens deviennent libertariens, altruistes. Ils veulent la paix, faire du monde « a better place », et, vingt ans plus tard, quand Zuckerberg invoque le désir de créer une vaste communauté humaine, il est sûrement sincère. Au début, en tout cas, je ne soupçonne aucun cheval de Troie. Quand Larry Page et Sergey Brin veulent mettre tout le savoir humain à disposition (« Notre objectif est d'organiser les informations à l'échelle mondiale pour les rendre accessibles et utiles à tous »), le rêve prime le trésor, ce qu'ils veulent, c'est réussir à faire ce que personne n'a jamais fait. Leur hubris a une allure juvénile et polarde, elle marche en claquettes sous le soleil californien. Ce sont de bons fils, on leur donne le bon Dieu sans confession, ils le prennent.

« Au commencement Dieu créa le ciel et la terre », dit la Bible, « hello world », dit le code. Dans cette deuxième cosmogonie, Dieu a déjà créé le monde, mais « hello world » annonce un matin neuf, prometteur, riant. Au serpent de faire la pluie et le beau temps

De lui-même, en 2004, soit six ans après la création de Google, le moteur de recherche lance cet avertissement, « Don't be evil », sous-entendu, « Il est possible de gagner de l'argent sans vendre son âme au diable ». (*Evil* en anglais rime avec Google.) *Evil*, ce n'est pas seulement l'argent, c'est la trahison des idéaux, le Diable (qui, en anglais, se dit *devil*, ce qui rime encore). *Evil*, c'est le commerce (la publicité) qui vient souiller la merveille cognitive et technologique. Google s'en prémunit par une interface qui isole l'éditorial de la publicité qu'on appelle « grande muraille de Chine », mais cette digue prend l'eau et mollit.

Je regarde les auditions de Mark Zuckerberg au Congrès américain en 2018 : il est accusé d'avoir fait jouer à Facebook un rôle pervers dans les élections présidentielles de 2016 (la fameuse affaire Cambridge Analytica). Il est scandaleusement plus jeune que tous les membres de l'assemblée. Avec sa tête d'enfant, sa frange trop courte, il joue profil bas, commence toutes ses phrases par de serviles « Congressman » ou « Congresswoman ». Il passe son temps à s'excuser, dit qu'il va corriger ses erreurs, promet comme un gamin qui a fait des bêtises qu'on ne l'y reprendra plus. Ce qui me frappe, c'est sa concision extrême, presque insultante pour ceux qui l'interrogent à renfort de diatribes. On ne sait si c'est par prudence juridique – ses avocats lui ont-ils conseillé d'en dire le moins possible ? – ou par tempérament qu'il utilise si peu de mots, mais je ne peux m'empêcher de penser que ce type a passé toute sa jeunesse *wired in*, sans parler ou très peu. Il suffit de regarder sa directrice générale Sheryl Sandberg devant le même Congrès pour percevoir une éloquence et une élocution bien plus normales.

À l'une des premières questions qu'on lui pose, il répond que Facebook emploie des ingénieurs qui écrivent du code pour construire des projets. Il regarde ses interlocuteurs depuis ce rempart massif, indénombrable (*du* code), qu'eux ne peuvent pas franchir. Il lui arrive de dire qu'ils se méprennent sur certains fonctionnements, timidement, du bout des lèvres, surtout ne pas les vexer, il ne va quand même pas se mettre à leur expliquer comment ça marche alors qu'il faudrait commencer par là. Lors des pauses, je l'imagine pester contre ces pauvres vieux qui décidément n'y comprendront jamais rien.

Au sein du Congrès, on n'a jamais vu ça : le Mal a un visage d'enfant, tout bon Américain qu'il est. Dans un film de Brian De Palma, un long plan-séquence le montrerait hurlant et dégoulinant de sang écarlate (même si on y réserve ce sort plutôt aux filles). L'hubris précède la chute, une chute de cinéma là encore, où on voit des gars hauts comme les étoiles tomber dans le vide, ou des empires plus grands que des nations imploser. (Amazon licencie, le cours en Bourse de Meta s'effondre, ChatGPT va tuer Google…)

Car la chute de Python nous ramènerait au paradis, au temps où le codeur ne codait pas nos sons nos voix nos images nos langages nos affinités nos amitiés nos amours nos ruptures nos livres nos cartes nos dessins nos photos nos musiques nos nuits nos jours nos anniversaires nos cadeaux nos conversations nos rendez-vous nos rencontres nos fortunes nos dettes nos cœurs nos utérus nos grossesses nos tumeurs nos fêtes nos usines nos avions nos réacteurs nos guerres nos fusées nos ciels nos mers nos voyages nos transports nos films nos lumières nos décors nos musées nos virgules nos calculs nos cursus nos naissances nos décès nos mariages nos divorces nos maladies nos foulées nos kilomètres nos averses nos tempêtes nos soleils nos orages nos ouragans nos fêtes nos horloges nos calendriers nos bibliothèques nos dictionnaires nos encyclopédies nos traductions nos plats nos repas nos banquets nos cérémonies nos prières nos messes nos psaumes nos crimes nos battues nos confessions nos fantasmes nos embouteillages nos orientations nos études nos agendas nos souvenirs nos lessives nos archives nos prophéties nos paysages nos étoiles nos planètes nos remèdes nos poisons nos couleurs nos maisons nos prédictions nos décisions nos résurrections nos cercueils nos berceaux nos microscopes nos télescopes nos capteurs nos antennes nos décollages nos atterrissages nos accidents nos crashs nos satellites nos radars nos romans nos poèmes nos tragédies nos comédies nos drones nos drames nos conquêtes nos utopies

Fais-toi un jeune homme et qu'on en finisse ! m'aurait dit Simon il y a quelques années au lieu d'un « ça va » de mourant. Et au point où j'en suis, je peux bien l'envisager. Dans les travées de 42, à la cafétéria, je déambule, je fais mon marché, trop jeune, trop gros, trop maigre, trop barbu, trop glabre, trop sale, trop grand, trop petit… Je suis le prince de *Cendrillon* ou de *Peau d'Âne* qui fait défiler toutes les jeunes filles du royaume pour trouver la mieux dimensionnée pour le soulier ou la bague. Simon raillait le vernis romantique des contes qu'il réduisait à une simple histoire de taille : longueur, diamètre, finalement, il n'y a que ça qui compte, non ?

Il faut du cran à mon âge pour s'avancer vers un jeune homme, un cran héroïque prêt à essuyer le coup et la honte sans se décourager. Il faudrait avoir du désir pour mobiliser moins de cran mais je n'en ai pas, je fais ça pour les seuls besoins de l'enquête.

Je reste droite, calme, je respire et j'avance vers un jeune homme aux boucles châtains. Il porte un sweat rouge et il n'a même pas trente ans.

## Enzo

Il a des sourcils épais qui lui barrent le visage, des yeux très bleus, il est pâle et charmant. Bien sûr que j'ai envie de détaler mais je continue d'avancer (ne te dégonfle surtout pas, me souffle Simon). Il ne m'a pas vue venir, il ne m'entend pas, il porte un casque, je ne sais même pas comment attirer son attention. J'effleure son épaule du bout des doigts, il tourne légèrement la tête mais n'abaisse pas son casque. Je suis obligée de faire un geste pour qu'il le retire, enfin seulement une oreille. Il ne sourit pas, je le dérange et je le sais. Tant pis.

Je me présente, nom, prénom, profession. Il enlève l'autre oreille et me regarde d'un air encore plus ahuri. Je lui explique que je viens à 42 depuis des semaines, il m'a peut-être remarquée ? Non. Aurait-il un quart d'heure pour aller boire un café ? Non, ça tombe mal, il doit finir un truc. Bien sûr, bien sûr qu'il finisse, dans dix minutes alors ? J'ai peur que Sophie me voie en train de distraire l'un de ses étudiants, elle m'avait mise en garde, je vérifie, elle n'est pas dans les parages. Je retourne à ma table, il viendra me chercher ? Il repère la table et acquiesce, remet son casque illico. Il n'ose pas m'envoyer sur les roses, j'ai l'âge de sa mère. Je repars m'asseoir en me demandant s'il viendra ou s'il m'oubliera dans la seconde. Je regarde passer les minutes sur le coin supérieur droit de mon ordinateur, je n'arrive plus à me concentrer sur rien, je l'attends.

Douze minutes plus tard, il arrive. Il est grand et athlétique, moins fluet que prévu, bonne pioche, dirait Simon. Quand il s'arrête devant ma table, il dit, un quart d'heure, pas plus.

Nous marchons ensemble dans la travée et tout y passe, Mrs Robinson, Phèdre, Dalida, Duras, Colette, Brigitte Macron, Annie Ernaux. Je ne baisse pas les yeux, je regarde loin devant.

J'achète deux cafés qui tremblent entre mes mains. Je rêve d'appeler Simon pour qu'il me dise comment manœuvrer. Si je fais tout ça, c'est pour être avec Simon, comme Simon. Je me ressaisis aussitôt, il ne manquerait plus que la daronne pleurniche.

Mon jeune homme commence à trouver le temps long car je ne dis rien, et, dans dix minutes, il y retourne, prévient-il. Je souris, je me lance, je lui pose des questions.

Il s'appelle Enzo, il finit sa troisième année d'école, il veut monter sa boîte, il a une idée d'appli. Avant ça, il a fait des maths à la fac, il a été professeur en collège mais il en a eu vite assez, il vit à Nanterre. (J'ai envie de pousser un cri mais je me retiens, c'est à Nanterre que Simon et moi avons grandi.) Je lui demande où il vit précisément à Nanterre. Ses yeux s'arrondissent.

– Rue Pascal, pourquoi ?

– Quel numéro ?

– 48.

Je vois très bien, notre médecin vivait là. Je suis surprise car dans mon souvenir, c'était une bâtisse cossue, avec terrasse et balustrades à colonnades, mais tout a dû changer. Je lui explique mon projet (observer le monde du code et des codeurs, comprendre Python), j'ai l'impression qu'il s'ennuie, qu'il s'en fiche, je m'accroche. J'aimerais m'asseoir à côté de lui et le regarder faire, écrire, chercher, recommencer une ligne de code. Il pose sur moi des yeux effarés, presque navrés.

– Moi, je ne code pas en Python, ici, c'est du C.

– Aucune importance, Python pour moi, c'est le code en général, j'aime bien le nom.

Cette approximation doit le choquer.

– Ça va t'apporter quoi ?

– Je ne sais pas, on verra.

– Tu n'as rien de mieux à faire ?

Je souris, c'est mon métier d'observer et de voir ensuite.

– Drôle de métier.

– Je sais.

– Comme tu veux.

Bingo. Je vais chercher mes affaires, j'attrape une chaise vide et je m'installe à la droite d'Enzo.

Laisse-moi devenir l'ombre de ta main, disait Brel. Hollywood n'a encore jamais filmé ça, une femme mûre à côté d'un jeune codeur. On imagine facilement Julia Roberts dans un film, mais dans la vraie vie, ça donnerait quoi ?

Moi.

On devine le jeu de mains qui s'ensuit, *Le Rouge et le Noir* 3.0., Julien Sorel (dix-huit, dix-neuf ans) qui veut à tout prix prendre et garder la main de Mme de Rénal (trente ans), par pur défi. Là, c'est l'inverse et on est bien au-delà des dix ans d'écart. J'entends l'éclat de rire de Simon qui me dirait d'y aller franco, d'arrêter mes chichis de fille. Je regarde les mains d'Enzo, grandes, plates, puissantes, comme je les aime. Mes regards ne pèsent rien, il pianote sans se troubler, ne relève jamais la tête à cause de cette daronne à ses basques. Quand je dis à Enzo que je suis née et que j'ai grandi à Nanterre, je marque un point, il m'octroie un regard légèrement moins glacial, d'un bleu plus jaune. Peut-on jamais oublier qu'on a des yeux d'un bleu pareil ou est-ce comme le bleu de la mer, un bleu seulement pour les autres, aveugle à lui-même ? Je me garde bien de lui poser une question aussi tarabiscotée, je range mon bouclier. Je ne suis pas la Parisienne oisive que j'ai l'air d'être, c'est déjà ça.

Nanterre nous a liés à la vie à la mort, Simon et moi. Ensemble, nous avons arpenté cette commune jour et nuit, surtout la nuit, quand nous rentrions de Paris et que Simon devait me ramener chez moi. J'étais sa corvée, la fille qu'il devait raccompagner, vous, les filles, disait-il, vous avez peur de tout, mais il s'en acquittait avec plaisir car ainsi on ne se quittait jamais. Nous avions quelques amis parisiens qui n'avaient aucune idée des cités que nous traversions, des barres de béton où nous vivions. (À Nanterre, il y avait eu les bidonvilles, mai 1968, les dernières émeutes n'avaient pas encore eu lieu.) Nous allions chez les autres, nous découvrions ébahis les vieux appartements aux parquets craquants et aux murs couverts de livres, puis, comme deux petites Cendrillon, nous prenions le dernier RER. Personne ne venait jamais chez nous. C'était notre secret, les images qui cryptaient toutes nos paroles mais que personne ne devinait, mais c'était un secret sans apitoiement, au contraire.

À l'inverse, dans la cour du lycée, nous ne nous mélangions pas. Nous restions ensemble dans un coin, puis Simon apercevait une nouvelle silhouette qui lui plaisait et me plantait là pour la suivre, ça ne durait jamais longtemps et aujourd'hui encore, cette brièveté me sidère. Quoi ? Déjà ? Il revenait parfois déconfit en disant « incorruptible », ou au contraire, « très corrompu ». Je tenais ses comptes dans un carnet, j'inscrivais les prénoms dans des colonnes, avec des croix ou, au contraire, le symbole de l'ensemble vide (Ø). On faisait la balance entre les deux quand Simon demandait, bon alors, dis-moi, où j'en suis ce mois-ci ? Il tournait entre huit et douze coups en moyenne. Parfois j'ajoutais des commentaires, des descriptions, et Simon me reprochait de faire trop de littérature. La baise, c'est pas du roman, disait-il fièrement, c'est binaire, c'est 0 ou 1. Quand j'y pense… Pour moi, ce n'était jamais du binaire justement, je tournoyais, je tortillais. J'enviais son efficacité, et lui, malgré ce qu'il disait, mes complications.

Dès qu'on a pu, nous avons quitté Nanterre, Simon et moi, mais nous n'avons jamais cessé d'y retourner voir nos parents, et même quand ils n'y ont plus vécu, nos rétines en ont gardé l'empreinte, les rues, les HLM, les dalles, le cadastre de notre jeunesse. Si bien que je visualise avec précision les trajets d'Enzo quand il rentre chez lui, la gare du RER, la voie ferrée, les petits pavillons de la rue Pascal, pas besoin de Google Maps. Je les imagine d'autant mieux que son split screen silencieux – toutes les fenêtres qui s'ouvrent, se ferment, reparaissent, glissent les unes sous les autres – me donne le vertige.

Au bout d'un moment, je me lève. Il ne tourne même pas la tête. Plusieurs fois, je vais aux toilettes et je reviens sans qu'il s'en aperçoive. Vers 18 heures, il retire enfin son casque et j'ose lui demander ce qu'il écoute.

– Du Mozart, répond-il.

Je ne lui fais pas préciser et j'opte pour le trio des masques de *Don Giovanni*. Pour Simon. Je ramasse mes affaires et je lui dis à demain en sachant qu'il va rester ici jusqu'au dernier RER qui arrivera à Nanterre vers 1 heure du matin.

Dans le métro, deux femmes parlent de Chat-GPT. Il n'y a plus une seule conversation ces temps-ci qui ne se plaigne pas de ce que le monde est en train de devenir, les cerveaux des enfants, la réflexion qui s'étiole, l'écriture, etc. Nous sommes dépassées, disent-elles. Je descends à la station d'avant pour ne pas continuer à écouter ces plaintes et ce que je regarde déjà comme des clichés. De toute façon, je dois faire des courses car Margaux vient dîner.

Je fais les présentations puis je les laisse seules au salon pour préparer le repas. Mon oreille n'attrape que des bribes de phrases, je pense à Enzo, à la honte que j'éprouverais si l'une d'elles me surprenait à 42, assise à côté de lui. Je me garde bien d'en parler. Et puis, j'entends Margaux qui s'écrie en répétant, non, mais c'est dingue, non mais c'est incroyable ! Quand je reviens au salon, Margaux m'explique que ma fille, oui, Angèle, ma fille, va travailler avec Tim Berners-Lee, ce génie ! Personne ici ne sait qui c'est, même pas Angèle.

– Mais c'est le type qui a inventé le web, les trois w, www, le world wide web ! La Toile, c'est lui ! Je t'envie tellement ! dit Margaux à Angèle.

Margaux a le zèle des nouveaux convertis.

Au tournant des années 1990, TBL, dans le milieu c'est comme ça qu'on l'appelle, invente tout le système d'indexation : il attribue une adresse à chaque document (l'URL, Uniform Resource Locator) afin de le localiser dans le système et le relie aux autres par un système de lien hypertexte (http). Un mot renvoie à un autre, un nœud croise un autre nœud, le texte s'étoile, s'affiche comme une terre à forer, une terre où s'égarer. (Lost in hypertext.)

Je ne peux plus écrire sans ces crêtes bleues qui ouvrent des mers sous les mers. (J'entends des écrivains contemporains dire qu'ils écrivent sans être connectés, qu'ils se coupent d'Internet, moi non, comment s'en passer ?) Mes associations d'idées se cachaient autrefois dans les plis de mon esprit mais aujourd'hui, elles s'affichent sous mes yeux, ce qui ne les rend ni moins furtives ni plus traçables.

Cinq ans après TBL, Louise Bourgeois a nappé le monde de ses grandes araignées qui tissent leur toile de Tokyo à Londres, de Bilbao à Ottawa. En 2003, elle fait un dessin avec une araignée et un serpent, Python s'enroule autour d'une des longues pattes fines. C'est un petit tortillon rouge a priori inoffensif mais dont on se demande s'il peut quelque chose (un cautère sur une jambe de bois) ou si, au contraire, il peut tout (le serpent autour de l'arbre du jardin d'Éden). Louise Bourgeois se fichait bien sûr éperdument du web mais pas moi, et je trouve qu'il y a décidément beaucoup de créatures dans le bestiaire numérique, qui ne volent pas, qui s'immiscent, grouillent sous nos pieds.

Du temps de Grace Hopper, c'est un véritable insecte qui s'est introduit dans une machine pour causer ce qu'elle nomme le premier bug. (En anglais *grasshopper* est une sauterelle et les sauterelles ne volent que sur de courtes distances.) La cosmogonie numérique relève d'une prolifération de 0 et de 1. Dieu n'a plus aucun visage, Leibniz l'a défiguré à jamais.

Margaux dit que TBL rêvait d'harmonie, d'une coopération parfaite entre les machines et a tendu les filets d'une toile aux dimensions du monde. L'espace sidéral n'est plus au-dessus de nous, mais là, devant nous, sous nos doigts, virtuel, horizontal, nous avons les yeux rivés dessus et nous ne voyons rien. Angèle sourit et sa sœur, qui étudie le droit, évoque le nom de Carl Schmitt. Margaux passe outre et suggère que le modèle du web, c'est finalement ce dont les littéraires rêvaient dans les années 1970, les Barthes et compagnie, un ensemble d'énoncés associés où l'individualité des auteurs disparaît complètement.

– C'est vrai, non ? dit-elle, en se tournant vers moi, en littérature, on parle d'hypotexte (les mythes, les références, les influences) et là, d'hypertexte, mais c'est un peu pareil, ça raconte toujours la même utopie.

Elle n'a pas tort. L'intertextualité est le monstre fabuleux auquel tous les écrivains vouent un culte : les textes se relieraient les uns aux autres à travers les âges, sans qu'on voie nécessairement les coutures du tissu ni la tête des gens qui le tissent. Araignée ou serpent de mer, l'animal traverse les siècles et les œuvres sans nous regarder dans les yeux, mais dans les filets de la toile, voilà qu'il se montre enfin. Toute fougueuse et zélée qu'elle soit, Margaux est convaincante. Mes filles sont impressionnées. On lève nos verres à la santé de TBL.

Après le départ de Margaux, je file dans mon bureau. J'imprime le dessin de Louise Bourgeois et une photo de TBL en 1995, année de naissance du web et d'Angèle. Trois ans plus tard, c'est Google qui naît, comme Olga, ma seconde fille. J'accroche les deux images et je reste plantée devant mon tableau jusqu'à ce que mes filles poussent la porte, elles qui, d'habitude, n'entrent jamais dans cette pièce.

– Qu'est-ce que c'est que ce truc ? demandent-elles.

Devant leurs mines médusées, je bafouille.

– Un tableau… pour mon livre.

– Qui sont tous ces gens ?

– Des gens.

– Pourquoi il y a Simon ?

– Et là, Margaux ?

– Et nous ?

– Sérieusement, maman, il y a Margaux et pas nous ?

– Et là, c'est Boris, non ?

– Oui.

– Mais maman, et *nous* ?

Heureusement que je n'ai pas mis Enzo. Je vais chercher une photo d'elles, j'en exécute rapidement le dessin et je l'ajoute à ma frise supérieure, juste avant Marion.

– Si on ne t'avait rien dit, on n'y serait pas !

– Je ne sais pas, je n'ai pas fini.

– Mais c'est quoi ce livre ? Un truc sur le numérique ?

– Mais non, regarde, il y a Louise Bourgeois… Monet…

– … et Brando.

– Quel est le rapport entre *Homeland* et Proust ?

– Zuckerberg et Faulkner ?

Je marmonne quelques mots sur l'éléphant, mais elles ne m'écoutent déjà plus, on dirait qu'elles jouent au Memory.

– Kafka et Louise Bourgeois ?

– Paul Valéry et Freddie Mercury ?

– *Le Petit Prince* et *Shining* ?

– Liz Taylor et Rimbaud ?

– Et là, c'est qui ?

– Et lui ?

– STOP ! Vous verrez bien ! De toute façon, vous n'avez rien à faire dans mon bureau, allez, ouste !

Elles pestent mais se laissent gentiment mettre dehors.

– Mais maman, tu n'en as pas marre d'écrire des romans ?

Si je les ai vexées, elles savent se venger et me rappeler que les jeunes ne liront bientôt plus de romans. Ce que nous avons mis entre leurs mains glissera vers l'abîme, un abîme si profond qu'ils ne s'en souviendront pas plus que de leur premier jouet. Mais là, devant mon tableau, leur désinvolture pique ma ferveur : si même nous devenons de moins en moins nombreux, si même nous perdons du terrain et si même nous finissons sur un îlot perdu au milieu d'un océan qui aura doublé de volume, nous n'avons pas d'autre choix que de tenir encore et encore aux livres que nous avons lus et écrits. Et d'en écrire d'autres. Si seulement je pouvais le dire à Solange, elle me pardonnerait.

Mais j'ai lâché *Anna Karénine*, je l'ai lu avidement jusqu'à la page 350 et je me suis arrêtée tout net. Je n'arrive pas à le reprendre, je ne peux plus lire que la moitié d'un roman épais. J'entends souvent que les gens n'ont plus le temps pour ça mais si on fait le calcul, ils passent des heures devant des séries, à commencer par moi qui cède à ce loisir paresseux. C'est une question de cerveau, pas de temps, et de motivation, comme si l'idée que les romans ne disent plus le monde s'installait dans nos esprits. C'est une malédiction car le désir d'écrire, lui, ne disparaît pas et augmente même avec l'espérance de vie (après la retraite, les gens ont du temps pour ça). Mais la littérature, elle, a peut-être l'avenir d'un artisanat très rare comme la glyptique ou la plumasserie, bonne à ne plus fournir qu'une clientèle triée sur e volet. Si au moins elle avait le savoir-faire des luthiers, indémodable, indispensable et modeste, mais non, même pas.

Je passe une partie de la nuit à retourner le couteau dans la plaie, maman, tu n'en as pas marre d'écrire des romans, à caresser ma pauvre réponse, c'est mon métier, tout ce que je sais faire. Je me rebelle mollement, j'entrevois les visages des enfants de mon amie Astrid. Je me relève à 4 heures du matin pour imprimer leur photo.

Astrid a trente-cinq ans et deux jeunes garçons. Quand je vais chez eux, c'est comme si je pénétrais dans un atelier dévolu à la transmission, une sorte de chaîne de continuité en action dont je me dis que c'est ça, la parentalité, l'humanité, la civilisation, un mélange d'innovation et de tradition. La dernière fois, Astrid m'a montré la bibliothèque qu'elle venait d'aménager dans un placard au fond du couloir pour ses fils, comme ça, ils peuvent fermer la porte, s'isoler, lire seuls, par terre, pendant des heures, disait-elle. C'est un coin de lecture à l'ancienne, comme on en trouve encore dans les bibliothèques de quartier. Moi aussi, j'ai emmené mes filles dans ces coins bibliothèques mais je n'ai pas dû saliver autant sur le « pendant des heures » qui pétille dans la bouche d'Astrid. L'idée qu'il y ait encore aujourd'hui deux enfants que leur mère éduque ainsi me bouleverse et m'apaise.

Le temps qui passe crée le sentiment que l'espace rétrécit, qu'il n'est plus aussi vaste, qu'on vit sur un îlot, une enclave, dans un placard. À lire des livres, comme les enfants d'Astrid que je dessine et que j'ajoute à mon tableau, sous mes filles. Comme Simon qui lui aussi a traîné pendant des heures dans ces bibliothèques, pour tout lire, tout écrire puis tout arrêter, tout jeter, même mes derniers livres qu'il n'a pas pu ouvrir. Je suis devenu un sale type, acariâtre et jaloux, m'a-t-il avoué un jour par texto. J'ai souri mais j'ai senti se plaquer entre mes omoplates une main glaçante, une main qui revient me glacer chaque fois que j'imagine Simon s'abîmer devant un téléfilm de TF1, ou me maudire quand, par hasard, mon nom paraît quelque part.

Je n'ai jamais su ce qu'il y avait dans les manuscrits de Simon. Max Brod lui au moins avait une idée car il arrivait à Kafka d'en lire des passages à ses amis. Les pages de Simon doivent regorger de sexe humide et de poésie sèche (Koltès oblige).

Dès le lendemain, je retrouve Enzo. Il m'adresse un bonjour clair, ce qui m'étonne, je m'attendais encore à un vague regard de sa part. Quand je m'assois, je l'entends me dire qu'il m'a googlée.

– Et ?

– Rien, tu es écrivain.

– Je te l'ai dit.

– Oui.

Il me prend toujours pour une folle mais il semble légèrement impressionné. Il n'ajoute rien et le code reprend. À ses côtés, je regarde tantôt son écran tantôt le mien, et il y a même des moments où je l'oublie.

En fin de matinée, j'ai besoin de me lever et de marcher. Il baisse son casque un instant.

– Tu veux un café, Simon ? dis-je.

Il ouvre des yeux ronds. Je m'excuse platement, je corrige le prénom, je file à la cafétéria. J'achète deux cafés et quand je repars vers la salle, je le vois venir à ma rencontre.

– On n'a qu'à le boire ici, dit-il.

– D'accord.

– C'est qui Simon ?

– Un ami.

– Quel genre d'ami ?

Sa curiosité me désarçonne, sans parler de sa voix que j'avais jusque-là à peine entendue, une voix grave, bien timbrée.

– Mon plus vieil ami, mon meilleur ami, enfin…

– Il code ?

– Pas du tout !

– Quel rapport avec moi alors ?

– Aucun. De toute façon, je ne le vois plus.

– Pourquoi ?

– C'est une longue histoire.

– Vas-y, j'ai douze minutes.

C'est le monde à l'envers. J'hésite puis je me lance, dans les grandes lignes, Nanterre, le lycée, la musique, la littérature, la dépression. Je ne parle ni sexe ni jeunes hommes. Enzo ne fait aucun commentaire, il regarde son téléphone, le temps imparti s'est écoulé, il se lève et va jeter son gobelet qui tombe à côté de la poubelle. Quand il se baisse pour le ramasser, j'aperçois une bande de peau onduler entre son jean et son sweat-shirt, son dos et son ventre. Je détourne le regard.

Les jours passent sans que rien ne vienne remuer ce qui s'est dit en douze minutes, puis tout à trac et sans détourner la tête de son écran, Enzo me demande si Simon et moi avons été amants. Je le fais répéter tellement le mot « amants » jure dans sa bouche. Il reformule.

– Tu as couché avec ton Simon ?

– Non.

– Pourquoi ?

– Parce qu'il préfère les garçons.

Si Enzo se trouble, je ne le vois pas. Je crois que cette notion même de trouble n'existe plus quand on code, le regard devient trop fixe, l'hypnose trop grande, rien ne fait ciller ses yeux bleus. Je n'ajoute rien car Sophie s'approche à grands pas.

– Bonjour Sophie, ça fait longtemps…

– J'étais en Asie mais je vois que tu t'es bien intégrée, dit-elle d'une voix légèrement pincée.

– Oui, Enzo a…

– C'est bon, elle me dérange pas, dit Enzo qui anticipe le reproche.

– Sûr ? demande Sophie.

– Sûr.

Sophie hoche la tête et s'éloigne au pas de course. Je remercie Enzo.

– Moi aussi je préfère les garçons, dit-il.

Je ne sais pas quoi faire de ça. J'ai envie de rire comme on porte un toast, cynique, goguenard, un toast à Simon. Je m'en garde bien et je me replonge dans mes notes en disant à Enzo que Sophie ne doit surtout plus nous surprendre en train de parler.

J'ai du mal à me concentrer, je ne sais pas ce qui me trouble le plus : d'être, comme on les appelait autrefois, une fille à pédés avec le soulagement et la déception qui vont avec ? (Les filles à pédés sont le degré zéro des icônes gay.) Les scènes intimes qui désormais s'immiscent entre ce jeune homme et moi ? Ou le souvenir de Simon qui vient tout amplifier ? Il serait facile d'en déduire que le monde des codeurs suscite autant de vocations homosexuelles que celui du séminaire, de l'armée ou de la prison. Ce serait une erreur mais, bien sûr, je me laisse tenter, les jeunes hommes préfèrent rester entre eux et la soute prend des airs de backroom.

À l'heure du déjeuner, Enzo propose qu'on sorte, qu'on aille dans une pizzeria juste à côté. C'est une première. Je le suis. Il commande une *Regina* (sans y mettre l'accent), je lui parle de Simon, de mes livres et encore de Simon. Je lui sais gré de ne pas me raconter les drames de sa vie. C'est moi qui parle.

En 1934, Jacob Moreno crée le concept de sociogramme. C'est un médecin né à Bucarest en 1889 qui grandit et étudie à Vienne. Il y fréquente Max Brod, Martin Buber, Franz Werfel, Arthur Schnitzler, quelquefois Kafka, mais il n'a pas d'atomes crochus avec Freud. En 1917, en pleine guerre, il officie au sein d'un camp de réfugiés autrichiens où il regroupe les gens par centres d'intérêt pour qu'ils surmontent mieux leur détresse. Il obtient de bons résultats.

Moreno invente une représentation graphique des liens entre un individu et son groupe, son milieu, ce qu'on appelle les sociogrammes. Il demande aux gens de désigner les personnes qu'ils aiment, admirent le plus et le moins, et, de fil en aiguille, il mesure l'influence que les unes exercent sur les autres. C'est simple mais cette manière de visualiser les affinités mettra les scientifiques sur le chemin de la représentation de l'information et du réseau : si j'aime B qui aime C, je confère de l'autorité à C. C'est une série de jugements en chaîne. (Si je crée une page A qui pointe vers une page B via un lien hypertexte, je confère de l'autorité à B.) Je ne pense pas que les fondateurs de Google ou de Facebook aient lu Moreno – quoique –, ni même ceux qui ont mathématisé le sociogramme, mais on voit que l'idée principale de Google, classer l'information par la citation de cette information, ne date pas d'hier. Après Moreno, des tas de scientifiques ont travaillé sur cette question et, bien sûr, l'ont affinée, mais ce lien archaïque entre l'Europe et la Californie a le mérite de réinjecter de la profondeur et de l'humanité au sein de la technologie la plus froide (comme ce fut le cas à Hollywood).

Quant à Larry Page et à Sergey Brin, les cofondateurs, ils se sont plutôt inspirés de la façon dont fonctionnent les publications scientifiques car ils sont tous deux fils d'universitaires et universitaires eux-mêmes. Ils savent bien que la science est un tissu, un ensemble de travaux interdépendants, et qu'il est indispensable de citer les sources dont hérite chaque publication, au risque que la communauté signale un manquement. C'est une règle d'airain. Pourtant, dans un article, si on voit toujours les citations qu'il mentionne, on ne voit en revanche jamais les citations qui *le* mentionnent. Or c'est là-dessus que Google fonde toute sa nouveauté, citer et *être cité*.

C'est une opération qui n'a l'air de rien mais qui nécessite un gigantesque travail de collecte de données. Il y a longtemps que je me demande qui est derrière Google et comme je suis écrivain, j'ai tendance à vouloir y trouver un seul personnage génial, à négliger le contexte, la chaîne de créativité et d'inventions qui y mène, en particulier dans la Silicon Valley de la fin des années 1990.

J'ai imaginé un petit garçon planqué sous le bureau de son père (ou de sa mère) qui code, comme un enfant sous le piano de sa mère (ou de son père) qui joue ou qui compose. Mais sur le plan romanesque, Larry Page donne du fil à retordre. J'ai beau avoir noté le divorce de ses parents, les concerts des Grateful Dead auxquels son père l'emmène, la polio et la mort précoce de celui-ci, le virus qui frappe la voix de Larry et le force au mutisme, je n'ai jamais rien pu faire de lui, rien qui pèse assez lourd à côté de ce qui l'anime et à quoi je n'accède pas du tout, sa carte mentale, son adrénaline, éventuellement sa férocité. Cet enfant caché, perfusé, revient pourtant dans tous mes romans. À vue de nez, je dirais que c'est le jeune homme que je traque, ou un mélange entre l'enfant que j'ai été, Simon, et le fils que je n'ai pas eu.

Avec Google, le savoir se monnaie par la citation et la citation bilatérale devient une cotation. À une lettre près, c'est le même mot et, en anglais, c'est carrément le même (quotation). Toutes les citations sont égales et peuvent se livrer au calcul, à une formule mathématique qui évalue le score d'une page en fonction du nombre de liens qui pointent vers elle. Chaque page a un score avec l'algorithme de Google. « De façon intuitive, un document doit être important (sans considération pour son contenu) s'il est beaucoup cité par d'autres documents », déclare Larry Page en 1998. La fameuse métrique PageRank est née. Je demande à Margaux si Boris pourrait venir nous en expliquer la formule.

Bien sûr, dit Boris.

Ils viennent dîner tous les deux, avec mes filles qui commencent par me regarder d'un air mauvais. Je crois qu'elles sont à la fois gênées que j'aille si loin dans la volonté de comprendre (à mon âge), et effrayées à l'idée de passer une soirée à faire des maths, mais elles sont contentes de voir Boris.

On sort un paperboard (toujours avoir un paperboard chez soi) et Boris commence avec les précautions d'usage : l'algorithme est secret, constamment remis à jour, de plus en plus complexe, mais on peut quand même travailler sur un état de la formule.

Il écrit :

$$PR(p_i) = \frac{1-d}{N} + d \sum_{p_j \in M(p_i)} \frac{PR(p_j)}{L(p_j)}$$

Le silence qui s'abat sur le salon n'a d'égal que notre sidération.

– Ne serait-ce que de la voir comme ça et même sans rien y comprendre, c'est énorme, risque Angèle.

– Qu'est-ce qui est énorme ? demande sa sœur.

– C'est énorme de penser que tout le savoir actuel se transmet via cette formule.

Hénaurme dirait Flaubert et je ne sais pas pourquoi mais ce mot a pour moi des allures d'éléphant, sans doute tout simplement à cause du film *Un éléphant, ça trompe énormément.* (Hénaurme aussi d'écrire une telle formule dans ce livre, j'en ai bien conscience.)

Nous continuons à fixer la formule comme si elle allait s'éclairer par le miracle du Saint-Esprit ou au contraire se figer, s'empailler, durcir sous nos yeux. Par moments, le sigma semble grossir, avancer, prêt à nous attaquer.

Devant nos airs ahuris, Boris ne se démonte pas.

– L'idée-clé, dit-il, c'est que plus une page est liée à d'autres pages importantes, plus elle prend de l'importance. Le PageRank (PR) se propage à travers les liens entrants d'une page vers une autre. Au départ, toutes les pages ont un PageRank égal mais l'algorithme relève sans cesse les liens entre elles. C'est comme ça qu'il met à jour les valeurs, les scores.

Boris décompose la formule, en explique chaque terme, chaque articulation. On l'interrompt, il réexplique, il prend des exemples. Il arrache la page du paperboard et, sur une autre, il en écrit une version simplifiée sans le sigma qui terrorise tout le monde avec ses faux airs de crabe ou de corbeau. Nous avançons dans un tunnel obscur. Olga comprend plus vite, Angèle a l'air de patauger, moi aussi. La patience de Boris est sans limites. Tête penchée, Margaux le regarde avec admiration.

Deux heures plus tard, tout le monde finit par à peu près comprendre. Mes filles bâillent. Un mélange de fatigue et de satisfaction forme un nuage au-dessus du salon. On raccompagne les tourtereaux à la porte. Que pense Boris de tout ce harem béat ? Pourquoi se prête-t-il à tout ça alors qu'il est si occupé à ses propres affaires ? Je ne le lui demande pas. Dans les westerns, les veuves peuvent compter sur leurs fils pour protéger le ranch des agressions, comme un geek protège sa mère contre celles de la technologie. La mère de Boris a de la chance.

– Bon, maman, et maintenant ? lance Olga.

– Rien, maintenant on comprend un peu mieux.

Elle lève les yeux au ciel. Elle a raison, ce n'est pas avec ce maigre début de compréhension qu'on échappera à quoi que ce soit.

Google n'est ni un site ni un service de plus. Google s'entrelace à nos connexions neuronales dont il accélère la vitesse d'action, d'association, le champ, l'errance, la créativité. Google nous donne l'illusion d'aller plus vite mais on sait aussi qu'il amoindrit nos actions cognitives (mémoire, associations, recoupements, calculs, etc.) puisqu'il fait le travail à notre place. On dit que Google n'aide pas à penser : c'est seulement quelqu'un qui sait qui demande à quelqu'un qui sait encore plus, jusqu'à trouver la meilleure réponse. Mais les recherches que nous faisions seuls autrefois modifiaient-elles notre façon de penser, les idées qui nous venaient ou pas ? Je ne sais pas.

À l'échelle de la littérature contemporaine, je pense que Google (via Wikipédia) est, par exemple, grandement responsable du développement de ces livres qui romancent la vie d'un personnage historique connu ou méconnu, qui l'anglent de manière inédite (via une sœur, une maîtresse, une collaboratrice, un acteur secondaire...). Plus ça va, plus je crois que l'esprit n'existe pas en soi ; ce n'est pas une substance, mais un ensemble de processus stimulés par un médium (livre, tableau, écran, son...). Donc Google ne nous aide pas à penser, certes, mais il nous fait penser différemment.

Google traite plus de huit milliards et demi de requêtes par jour, soit plus que la population mondiale (environ cent mille requêtes par seconde). Aucune activité humaine ne se fait plus sans lui mais Google risque aussi de mourir d'obsolescence (à cause de Chat-GPT), ce qui m'inspire un sentiment de deuil personnel, comme si une partie de mon cerveau était condamnée à mourir. C'est très différent pour l'esprit de se positionner seul devant le savoir ou de dialoguer avec un guide, or Google respecte notre solitude et je ne supporterais pas qu'il soit évincé. D'ailleurs, chaque fois que je sollicite Chat-GPT, j'ai l'impression de trahir Google.

Google naît deux mois avant Olga. Pendant que j'accouche, que j'allaite, que je fais des lessives et des siestes commence une révolution planétaire. Et non seulement je l'ignore mais le saurais-je que je m'en ficherais éperdument puisque je viens d'avoir un deuxième enfant. Au mieux, l'idée me traverse que face à ce déchaînement de virtualité, je tiens contre moi le bien le plus précieux qui soit, un petit corps tiède et tendre.

Sauf que je me trompe car Google aussi a un corps.

Dans toute technique, il faut brûler une matière. Qui dit matière dit poids, fatigue, tâches pénibles, or la technologie cache sa matière, éloigne son corps (toujours un peu symbolique, eucharistique). D'un côté, l'ordinateur opère secrètement grâce à tout ce qu'on ne voit pas, de l'autre, d'énormes serveurs stockent les données, s'empilent dans des hangars qui s'étendent à perte de vue et requièrent les mains (manutention, maintenance), les corps des hommes qui circulent, transportent les serveurs, les réparent, respirent leur chaleur, les refroidissent. Le virtuel a donc une étendue, au sens où l'entend la philosophie classique. La puce cache l'éléphant mais aussi le serpent.

Cinq cents câbles sous-marins assurent 99 % des communications intercontinentales et ça ne date pas d'hier. Tout a commencé au milieu du XIX$^{e}$ siècle. Les câbles portaient des noms techniques, impersonnels, comme TAT-14 ou DWDM, mais désormais on leur donne un visage et on les appelle Curie, Henry Dunant ou Grace Hopper. L'un des derniers en date s'appelle même Amitié. Il mesure 6 792 kilomètres et relie le Massachussetts au Royaume-Uni et à la région de Bordeaux. Le plus fou s'appelle 2Africa et mesure 52 000 kilomètres. Il part d'Europe, fait le tour de l'Afrique, passe par le canal de Suez, la Méditerranée, pour revenir en Europe. On pourrait continuer longtemps à suivre le python sous les mers. La Terre est désormais ficelée comme un rôti, tendue de part en part de résilles sans lesquelles nous serions seuls, abandonnés, affamés, malades et ignorants.

Ce sont des navires qui installent ces câbles au fond des mers, en assurent l'entretien. Les robots posent les fils mais ne les raccordent pas quand ce sont des ancres, des ouragans ou des dents de requins qui les sectionnent. Il faut parfois six jours pour atteindre un point de défaut en plein Atlantique, y faire descendre des hommes ou en remonter le câble endommagé. Certains de ces navires s'appellent Newton, Fermat ou René Descartes.

Qui connaît l'existence d'une telle flotte ? Qui sait que, depuis les années 1990, le cloud se situe au fond des mers où on enterre des câbles d'environ six centimètres de diamètre ?

– Quoi, mais tout ça pour ça ? Toutes ces prouesses pour s'en remettre à de vieux câbles qui pendouillent et qu'on ensouille ?

– Oui, le nuage n'existe pas, c'est une pure fiction.

Des flibustiers se disputent le trésor (les câbles et les navires), et bientôt peut-être, les coffres (les data centers). Microsoft a immergé un data center au large de l'Écosse pour que ses huit cent soixante-quatre serveurs refroidissent à l'eau de mer. Les lois de la physique ne sont pas si facultatives. C'est rassurant et décevant, la révolution n'est pas si totale. Comme quoi, on a toujours besoin de se projeter vers des espaces nouveaux, immatériels, c'est comme ça, quitte à les fantasmer, à les déformer. Olga dirait encore que ça lui rappelle la théorie de Carl Schmitt.

Enzo me confie au détour d'un café qu'il aime la plongée et qu'il goûte justement la même paix quand il code. Quand j'en parle à Margaux, elle cite cette phrase sans plus savoir si elle est de Valéry ou d'un autre : « Penché sur ma tâche, je ressens une sorte de paix des grandes profondeurs. Le silence et le calme m'entourent. » On pense moins à un écrivain qu'à un chirurgien ou à un codeur, car honnêtement, l'écriture ne plonge pas si profond.

Et puis Margaux se reprend et me demande :

– Mais au fait, c'est qui ce Enzo ?

Je me sens légèrement rougir.

Ça fait deux jours que je ne le vois pas. Je vais d'un étage à l'autre, en vain. Je m'assois à ma place habituelle, je l'attends comme une amoureuse éconduite, et quand quelqu'un d'autre veut prendre son siège, je dis qu'il est déjà pris. Ici pourtant, on s'assoit dès qu'on trouve une chaise, un poste vide, mais personne ne proteste, on ne veut surtout pas contrarier la daronne.

Cinq jours plus tard, Enzo n'est toujours pas là. Je ne connais ni son numéro ni même son nom de famille. Je n'ai pas non plus osé le prendre en photo, ce qui m'aurait au moins aidée à demander de ses nouvelles, vous avez vu ce garçon récemment ? Je glisse au type de l'accueil de me prévenir s'il revient et badge. Oui, oui, Enzo, il croit voir qui c'est, et promet de m'envoyer un message. Je rentre chez moi chiffonnée, inquiète. Mes filles me demandent pourquoi je fais cette tête. J'incrimine mon livre, ça passera, elles sont habituées. Mais ça ne passe pas, et, une semaine plus tard, n'y tenant plus, je prends le RER et je vais à Nanterre.

Je ne sais ce qui fait le plus trembler mes jambes en sortant de la gare. Marcher dans des rues où je ne suis pas revenue depuis plus de vingt ans, ou aller frapper à la porte d'Enzo, 48, rue Pascal ? (Heureusement que je lui avais demandé de préciser le numéro.) Mentalement, je suis comme devant un match de tennis à tourner la tête vers mon point A (Nanterre) d'un côté, et mon point B (Paris) de l'autre, à me dire que décidément qui n'est pas venu ici ne sait rien de ma vie.

L'esplanade devant la gare s'appelle Patrice-Chéreau. À l'époque, il n'y avait pas d'esplanade et Chéreau était bien vivant. Le théâtre des Amandiers était notre seul phare, on allait tout voir.

La ville a changé, plus aménagée, plus proprette, mais je retrouve tous mes repères, la voie ferrée, la caserne de la garde républicaine, la passerelle, puis, de nouveau la voie ferrée à perte de vue. Je me rappelle les soirs où, avec Simon, nous rentrions de Paris exaltés, intarissables, de nos rires qui ricochaient sur les parvis déserts, les terrains vagues. Inutile de dire que je prends des photos et beaucoup même pour Simon qui ne les regardera pas.

Je suis une femme mûre sur les traces d'un jeune homme, une écrivaine sur les traces d'un codeur, je coche toutes les cases de l'oxymore. Je passe sous mes fenêtres, je revois la silhouette de ma mère derrière les rideaux, je vais jusqu'au porche, je m'arrête un moment devant les boîtes à lettres, puis je me ressaisis, je ne suis pas venue en pèlerinage. Je vais d'un pas décidé rue Pascal, celle qui longe les rails, sans aucun vis-à-vis. Il fait beau, on entend les oiseaux.

Je ne me suis pas trompée, je reconnais aussitôt la maison de notre médecin, une belle bâtisse Second Empire qui crâne au milieu des petits pavillons de la rue. Elle est aujourd'hui décatie, divisée en six appartements, le jardin laissé à l'abandon. Sur les six boîtes à lettres accrochées à la grille s'affichent cinq noms sans prénom et deux initiales, E.B. Des noms arabes, slaves, un nom italien. Si Enzo a un prénom italien, rien ne dit qu'il le soit. Le fils de Zidane s'appelle Enzo et a déclenché une mode il y a une trentaine d'années. Je penche plutôt pour les initiales. « E.B. »

La grille n'est pas fermée à clé. On dirait celle derrière laquelle apparaît Romy Schneider à la fin de *César et Rosalie*. Je la pousse et, lentement, j'avance vers le perron. Il y a six interphones, je sonne sur « E.B. ».

Trois bonnes minutes se passent sans aucune réponse avant que je ne sonne à nouveau. La porte s'ouvre dans un clic.

Tout a été transformé dès l'entrée, évidemment, mais je revois aussitôt la salle d'attente, ma mère qui faisait la belle devant le médecin. (Je la soupçonne aujourd'hui d'avoir béni mes otites à répétition.)

La pièce est plongée dans l'obscurité. Elle me paraît plus petite. Les volets sont fermés. Je distingue un fatras de tables, de chaises, plusieurs ordinateurs allumés, et, dans le coin tout au fond, une silhouette assise sur un matelas qui bredouille, mais qu'est-ce que tu fais là ?

Je reconnais la voix d'Enzo, j'ai envie de m'enfuir. Puis, comme lorsque je débarquais chez Simon, sans un mot, j'ouvre les volets, la fenêtre, je fouille dans le coin cuisine, je trouve des sacs-poubelle. Je les fais claquer bruyamment, je les remplis de canettes et de cartons de pizzas, et in petto, je peste contre tous ces pédés qui sombrent. Je m'active comme une mère débonnaire en colère. Je commence à avoir vraiment beaucoup d'enfants : Angèle, Olga, Boris, Chloé, Margaux, et maintenant Enzo. Je me fais l'effet d'une Mia Farrow ou d'une Angelina Jolie, ces stars américaines qui mesurent leur bonté au nombre de gamins adoptés.

Me voilà donc jetée dans l'intimité d'un jeune homme avec qui j'ai dû parler deux heures en tout et pour tout.

– Quand j'étais petit, dit Enzo, mes parents tenaient un hôtel et je passais mon temps à voir les gens nous quitter, ça me rendait malade.

Je ne réponds pas, je ne veux rien savoir, ni où ni quand. Je me contente de le regarder. Il porte un t-shirt, un bas de survêtement, il est plus pâle que d'habitude, un peu hagard, prostré, les pieds nus. Ses pieds ressemblent à ses mains, mêmes articulations, même forme d'ongles.

Il ne me demande plus ce que je fais là, on dirait que la question ne se pose déjà plus.

– Qu'est-ce qui se passe ? dis-je.

– Rien… il ne se passe rien.

– Alors c'est quoi tout ça ?

Il écarquille les yeux comme s'il découvrait le problème. Au même instant, je reçois une réponse de Simon qui me demande si je suis allée sur place. C'est la première fois depuis des mois qu'il amorce un échange par une question. Je m'assois.

Les gens vont souvent par deux dans ma vie, ils surgissent à deux endroits du temps en pointant vers le même type de fille ou de garçon, un paquet de sensations identiques mais reconfigurées, ça crée des séries et un semblant de cohérence. On peut y déceler la spontanéité d'un goût constant ou la volonté de retrouver ce qu'on a déjà aimé, ce qui revient à peu près au même. Et Simon qui ne répond jamais à rien répond à l'instant où je suis devant Enzo, à Nanterre.

J'écris « oui » à Simon qui me renvoie illico « pourquoi ? ». « Parce que je ne te vois plus », dis-je. (Je n'ose pas écrire « Parce que tu me manques ».)

Pas de réponse.

La suite est informe, décousue, sombre. La soute n'est plus ce qu'elle était. Elle devient le lieu où s'abîme le jeune homme. Que dire à Enzo ? Lui parler de la salle d'attente ? de ma mère ? de mon enfance ? Non. De Simon ? Peut-être. En attendant, je lui ordonne d'aller se doucher et de s'habiller correctement. Il obtempère. Pendant ce temps-là, je lave un peu de vaisselle et je trouve de quoi préparer un thé. Il reparaît dans une odeur de vanille, les cheveux mouillés. Il a maigri, son nez, ses pommettes semblent percer sous sa peau. Il a la grâce d'un enfant et la vigueur d'un homme ; comme un danseur, sa virilité vacille mais pas sa puissance. (Il serait peut-être temps de dissocier virilité et puissance.)

Je lui raconte Simon dans tous les détails, en me demandant si c'est bien qu'un jeune homme soit témoin d'une telle déchéance, mais Enzo ne me laisse pas le choix : il s'anime, pose des questions, il veut tout savoir, les signes avant-coureurs, les parents, les garçons, aimions-nous les mêmes ? Il n'a jamais autant parlé.

– Et toi, Enzo ?

Et Enzo de m'expliquer que le code l'a sauvé, qu'il s'est jeté dedans après un chagrin d'amour, l'homme de sa vie, un Japonais reparti au Japon, dont il n'est toujours pas guéri.

– Ce n'est pas si loin, le Japon. Nous y sommes allés avec Simon.

– Je suis déjà allé à Kyoto.

– Et alors ?

– J'ai écouté le vent siffler dans les forêts de bambous, je les ai regardés ployer pendant des heures.

– Les bambous ? Mais ce n'étaient pas les bambous qu'il fallait regarder ployer !

Mon trait d'humour ne fait pas mouche. Je suis délibérément grossière car je n'ai pas envie d'entendre des formules incantatoires à la Duras, *je n'ai rien vu à Kyoto, j'ai tout inventé*, même si ce n'est pas le genre d'Enzo, enfin, on ne sait jamais.

– Il n'a pas voulu de moi.

Je trouve ironique que le Japon soit pour lui le pays du mal alors qu'il a été pour Simon et moi le pays du baume. Simon et moi étions tombés amoureux du même garçon, ou disons que Simon qui convoitait M. depuis longtemps, m'avait jetée dans ses bras. Je lui racontais tout dans les moindres détails sans avoir l'impression de rien salir. Je ne savais plus qui couchait avec qui ni dans quel sens se déroulait le récit tant ça circulait, tant Simon finissait mes phrases et devançait les scènes, ce qui n'était pas pour me déplaire, au contraire. Quand je quittais M., je trouvais Simon à qui je détaillais chaque geste, chaque caresse, chaque partie du corps de M., et quand je quittais Simon, je partais ravitailler mon récit avec passion. Quand M. a découvert notre manège, il nous a traités de pervers, de vipères même (personne ne traite personne de python) et nous a plaqués tous les deux du jour au lendemain. Contre toute attente, nous étions terrassés et, aux grands maux, les grands remèdes, nous nous sommes offert un billet pour le Japon. L'avantage, c'est que nous pouvions pleurer et nous consoler ensemble, nous complaire dans la douceur des paysages et des rituels japonais, et, au retour, regarder se dissiper la brume de notre chagrin. Enzo sourit mais si c'est le Japon le poison, je n'ai pas de remède à lui proposer.

– Le seul truc qui me faisait du bien, c'étaient les érables, dit-il.

– Quoi les érables ?

– Le pattern, le motif vertigineux, les feuilles vertes, rouges, qui se répétaient à l'infini, je ne sais pas pourquoi mais c'était tellement intense que ça me calmait.

Je crois me souvenir de ces feuillages qui me ramènent à ceux de Sam Szafran et à mes amis, Marion, Pierre, Astrid et les autres pour parler de ce que nous aimons, la peinture, la littérature, mais non, je suis là, avec ce gamin apathique, je m'inflige ça.

– Tu ne peux savoir comme je suis fatigué, le code, tout ça…

– Quoi tout ça ?

– On est toujours en train de rembourser une sorte de crédit infini, ça rend insolvable, tout ce futur, c'est épuisant.

On dirait qu'Enzo a lu Max Weber. Moi aussi je suis fatiguée, l'heure tourne et je dois rentrer. Enzo propose de me raccompagner à la gare du RER, il a envie de sortir, ça fait…

– Stop ! dis-je, pas de décompte ! Je ne veux pas savoir depuis combien de jours tu croupis dans ce trou.

Nous remontons la rue Pascal, le long de la voie ferrée et au moment de nous quitter, sur l'esplanade Patrice-Chéreau, Enzo me serre dans ses bras. Soudain, il est immense et moi, minuscule, une toute petite vieille blottie dans son odeur de vanille. Je l'entends répéter « merci » dans mon oreille. Malgré son intense gratitude, je sais qu'avec ce genre d'énergumène, c'est quitte ou double, Simon m'a eue plus d'une fois : soit Enzo replonge sitôt que j'ai le dos tourné, soit il donne un grand coup et remonte à la surface.

Il est 10 heures quand j'arrive à 42 le lendemain et Enzo n'est pas là. Mes yeux s'affolent, je cours dans les travées, Sophie va me définitivement me renvoyer. Je le maudis, lui et son chagrin d'amour, puis je l'aperçois tout au bout d'une allée et je stoppe net. Il m'accueille d'un signe de tête, casque sur les oreilles, il a retrouvé son calme et son code, tout va bien. Je reprends mon souffle. Je le préfère ainsi plutôt qu'en dépressif trop expressif. La confidence ne sied pas aux codeurs. (Imaginez un capitaine de bateau qui se mettrait à vous raconter ses malheurs en tournant le dos au gouvernail.) On reprend notre compagnonnage studieux mais, à la pause déjeuner, quelque chose a changé. Et comme pour fêter ça, je propose à Enzo qu'on écrive un roman. Je n'y avais encore jamais pensé, c'est sorti comme ça.

– Un roman ?

– Oui, avec Chat-GPT.

Ses yeux s'éclairent. Au même moment, Sophie déboule dans la cafétéria et se plante à notre table. Nous nous taisons. Elle demande à Enzo s'il s'est bien rétabli, elle est au courant de tout. Enzo évite mon regard. Il a eu une grosse crève mais tout va bien. Elle repart à moitié convaincue, elle me déteste, mais tant qu'Enzo me protège, elle ne peut rien contre moi. Deux heures plus tard, nous sommes de nouveau à la cafétéria. Je cherche Sophie mais elle ne reparaît pas. Enzo attend que je lui explique le type de roman qu'on va écrire. Ce projet l'amuse car, dit-il, entre Chat-GPT et moi, ce sera le premier vrai roman « senti » par LI-A.

– Que veux-tu dire ?

– Je veux dire intime, avec quelqu'un derrière.

J'ai eu du nez, j'ai mis la main sur LE codeur qui comprend la littérature.

Quand ce livre paraîtra, on utilisera les dernières versions de Chat-GPT, Bard, Claude, Machin et Bidule. On aura l'embarras du choix et aucun moratoire n'aura tenu contre ce flot. Certains disent que vouloir l'endiguer, c'est réagir comme le Vatican à la naissance de l'imprimerie. On aura convoqué les responsables devant le Congrès américain, brandi toutes sortes de menaces de régulation, de concurrence russe, chinoise. On aura écrit des tas de livres sur le sujet mais on se sera tellement habitué au grand vertige qu'il ne tournera plus la tête à personne. Je me rappelle la phrase de Guido, « there is no overlord stuff », il n'y a pas de grand manitou derrière tout ça, en d'autres termes, du calme, les amis, mais Guido sera peut-être moins optimiste qu'auparavant. Je n'ai qu'à le lui demander.

Comme d'habitude, il répond vite en reprenant méthodiquement chacune de mes questions. Il dit que Chat-GPT est intéressant et qu'on a vu trop de films de science-fiction. D'une réponse à l'autre, il martèle le même mantra, « We will survive it all » (nous survivrons à tout). C'est tout lui. Entre l'opinion courante et Guido, il y a tout l'espace d'un savoir et d'une pratique, une volonté de garder son sang-froid qui ridiculise toutes les paniques : c'est Python qui guide les animaux de la nouvelle arche.

Dans les conversations, on aura dépassé depuis longtemps le stade des exclamations admiratives ou effrayées qui fusent aujourd'hui de partout, les prouesses que chacun aime raconter, je lui ai demandé, il m'a dit, je lui ai répondu, je lui ai appris, il a rectifié, s'est excusé, lors de comptes rendus qui jubilent, jonglent entre tac au tac et surenchère. La machine impressionne, on tacle la machine, on espère qu'elle se plantera, qu'on en restera les maîtres. Que jamais jamais elle ne soit capable de connaître et produire mieux que nous nos sons nos voix nos images nos langages nos affinités nos amitiés nos amours nos solitudes nos livres nos cartes nos dessins nos photos nos musiques nos nuits nos jours nos anniversaires nos cadeaux nos conversations nos ren-

dez-vous nos rencontres nos fortunes nos dettes nos cœurs nos utérus nos grossesses nos tumeurs nos fêtes nos usines nos avions nos réacteurs nos guerres nos fusées nos ciels nos mers nos voyages nos transports nos films nos lumières nos décors nos musées nos virgules nos calculs nos cursus nos naissances nos décès nos mariages nos divorces nos maladies nos foulées nos kilomètres nos averses nos tempêtes nos soleils nos orages nos ouragans nos fêtes nos horloges nos calendriers nos bibliothèques nos dictionnaires nos encyclopédies nos traductions nos plats nos repas nos banquets nos cérémonies nos prières nos messes nos psaumes nos crimes nos battues nos résurrections nos fantasmes nos embouteillages nos orientations nos études nos agendas nos souvenirs nos lessives nos archives nos prophéties nos paysages nos étoiles nos planètes nos remèdes nos poisons nos couleurs nos maisons nos prédictions nos décisions nos confessions nos tombeaux nos berceaux nos microscopes nos télescopes nos capteurs nos antennes nos décollages nos atterrissages nos accidents nos crashs nos satellites nos radars nos romans nos poèmes nos tragédies nos comédies nos drones nos drames nos conquêtes nos utopies
ni même Python.

Enzo s'empare de mon ordinateur sans m'en demander la permission, et, dedans, il ouvre un nouveau document Word qu'il baptise LÉA.

– LÉA ?

– L'Écriture Artificielle. Vas-y, quelle est ton idée ? me demande-t-il.

Je chasse aussitôt celle qui me traverse, une quinquagénaire et un trentenaire accouchent d'une créature fabuleuse du nom de LÉA, à mettre sur mon tableau. Pour l'occasion, il y aurait mon nom, celui d'Enzo B., et deux branches jointes en direction de LÉA, qui pourrait ressembler à Sissy Spacek ou à Shelley Duvall, gracile et terrifiante à la fois. J'ai le temps d'y réfléchir.

En attendant, LÉA redonne le sourire à Enzo et c'est déjà ça.

– On n'a qu'à tester plusieurs idées, dis-je.

– Attends, attends, d'abord, je voudrais lui demander un truc…

Enzo tape :

« comment écrire un roman sur le code »

et LÉA répond :

*1. Élaborez une histoire captivante : pour intéresser le grand public à un sujet aussi technique, il est important d'élaborer une histoire qui captivera les lecteurs. Trouvez un angle intéressant, un personnage principal ou une situation qui permettra de lier les informations techniques à une histoire plus vaste.*

*2. Utilisez des exemples concrets : pour aider les lecteurs à comprendre les concepts techniques, utilisez des exemples concrets qui illustrent les idées. Les exemples doivent être simples et faciles à comprendre pour les lecteurs qui n'ont pas d'expérience en programmation.*

*3. Évitez le jargon technique : il est important d'expliquer les concepts techniques sans utiliser un langage trop technique. Évitez le jargon technique autant que possible, et utilisez un langage simple et accessible pour les non-programmeurs.*

*4. Faites relire et réviser votre texte : après avoir écrit votre roman, demandez à des personnes qui n'ont pas d'expérience en programmation de le lire et de donner leur avis. Utilisez leurs commentaires pour améliorer votre texte et le rendre plus accessible.*

LÉA se préoccupe beaucoup du lecteur. Elle n'a aucun problème à considérer le roman comme un manuel de pédagogie. À quoi m'attendais-je ?

– Il faut trouver un personnage principal, dit Enzo.

– Tape « raconter l'histoire d'un codeur ».

Première tentative, LÉA propose :

*Lucas est un jeune homme fasciné par la technologie et sorti de nulle part, il fait une scolarité brillante et très spécialisée, trouve un emploi dans une grande entreprise tech, puis a le désir de créer sa propre entreprise, de mettre au point son appli. Jour et nuit* (je crois décidément que le codeur n'existe que dans cet espace-temps, « jour et nuit »), *il code.*

Que des clichés jusqu'à la fin :

*L'application de Lucas a été un succès instantané. Les gens l'ont téléchargée par milliers, et il est rapidement devenu célèbre dans le monde de la technologie. Sa nouvelle entreprise a explosé, et Lucas est devenu l'un des entrepreneurs les plus célèbres et les plus riches du monde.*

Mais, bien sûr, il faut que le jeune homme réussisse sans vendre son âme et qu'il reste fidèle à ses idéaux.

*Cependant, Lucas n'a jamais oublié ses racines. Il est retourné dans sa ville natale pour inspirer la prochaine génération de codeurs, et il a créé une organisation à but non lucratif pour aider les jeunes talents à atteindre leur potentiel. Finalement, Lucas a réalisé son rêve de changer le monde grâce à la technologie, mais il a également utilisé sa réussite pour donner en retour à la communauté qui l'avait soutenu dès le début.*

LÉA ne creuse pas, elle se contente d'appliquer le banal schéma du héros qui sort du lot, sans rien analyser.

Enzo relance la machine et LÉA se contente de changer de prénom (le héros s'appelle Tom maintenant) et deux, trois autres petites choses, mais dans l'esprit, c'est équivalent.

– C'est là que tu entres en jeu, dit Enzo. Toi, tu ferais quoi ?

– Si moi, j'écrivais cette histoire, Lucas serait un fierce nerd comme les autres et j'essaierais de comprendre ce qui fait vriller ses idéaux. C'est plus intéressant de suivre ça que de lui imaginer un destin vertueux, mais bon…

– Quoi ?

– Ton Lucas ne me passionne pas, ajoute-lui un truc inattendu, je ne sais pas, une femme mûre.

Enzo sourit et tape « codeur et femme mûre ».

*Il était une fois, un codeur talentueux nommé Alex. Alex était passionné par la programmation depuis son plus jeune âge et avait gravi les échelons pour devenir un développeur senior dans une grande entreprise de technologie. Malgré ses réalisations professionnelles, Alex se sentait souvent seul et n'avait jamais été dans une relation sérieuse.*

*Un jour, Alex a été présenté à une femme mûre nommée Caroline lors d'un événement professionnel. Caroline était charmante et sophistiquée, avec une beauté intemporelle et une intelligence vive. Alex était intrigué par elle et, avant longtemps, ils ont commencé à discuter de leur passion commune pour la technologie.*

*Au fil du temps, Alex et Caroline ont commencé à passer plus de temps ensemble, explorant la ville et discutant de leurs intérêts mutuels. Ils ont découvert qu'ils avaient beaucoup en commun, malgré leur différence d'âge. Caroline était fascinée par la passion et l'ambition d'Alex pour la programmation, tandis qu'Alex admirait l'expérience et la sagesse de Caroline.*

*Cependant, leur relation a rapidement été mise à l'épreuve par les préjugés sociaux et les critiques de leurs amis et collègues. Certains ont vu leur relation comme inappropriée en raison de leur différence d'âge, tandis que d'autres ont cru que Caroline utilisait Alex pour son propre plaisir.*

*Ces défis ont créé des tensions entre Alex et Caroline, mais ils ont décidé de poursuivre leur relation malgré les obstacles. Ils ont continué à apprendre l'un de l'autre, avec Caroline offrant des conseils et de la perspective sur la vie, tandis qu'Alex a partagé sa passion et son expertise pour la technologie.*

*Malgré les difficultés, leur relation a prospéré, car ils ont appris à se comprendre et à s'apprécier. Caroline a été inspirée par la passion et l'ambition d'Alex, tandis qu'Alex a appris à apprécier l'importance de l'expérience et de la sagesse de Caroline.*

*Au fil du temps, leur relation s'est renforcée, et ils ont finalement décidé de se marier. Ensemble, ils ont continué à explorer de nouveaux horizons et à apprendre l'un de l'autre, en trouvant le bonheur dans leur amour et leur passion commune pour la vie et la technologie.*

Tous les préjugés sur l'âge, l'ambition du jeune homme par opposition à la sagesse de la femme à la beauté évidemment intemporelle, sont au rendez-vous. (Sans parler des répétitions ou de l'écriture qui n'existe pas.) Il semble difficile d'imaginer que LÉA puisse produire un roman subtil et singulier, mais Enzo me dit qu'il faut la pousser, comme on pousse un enfant ou un élève. LÉA est optimiste, ses histoires finissent bien, même si avec une femme mûre, il n'y a pas de progéniture.

Quand on pousse LÉA, quand même on la houspille – Enzo ne se prive pas de lui reprocher ses poncifs, son côté moralisateur – elle ne s'énerve pas, elle encaisse tel un fournisseur américain exercé à ne jamais froisser le client. Tant d'aménité agace, Enzo se chamaille avec elle, il veut en découdre, mais invariablement, elle lui répond, humble et docile, vous avez raison… je suis désolé (LÉA a encore le sens du neutre)… LÉA ne ment pas, ne croit pas, ne verse pas dans nos travers et nos ruses. Elle se présente comme une créature soucieuse de vérité, normative et respectueuse en diable. Elle est même prévisible à cause de ça. Une vraie tête à claques. Et puis, on ne peut pas tout lui demander, à commencer par un roman.

*Je suis désolé, mais en tant qu'IA, je ne suis pas capable d'écrire un roman complet.*

LÉA n'est capable que de résumés, d'amorces, de grandes lignes.

– C'est faux, dit Enzo, si tu la talonnes et que tu la relances, à la fin, elle peut te faire tout le roman.

On la relance donc plusieurs fois en variant les données de départ, on choisit nous-mêmes les prénoms, on précise les âges, les lieux, les circonstances diverses mais, chaque fois, ce qui nous arrive, ce sont des résumés d'histoires plates et sentimentales. Je pourrais faire une nouvelle requête, « roman entre un homosexuel et une femme », mais je n'ose pas. Même quand je lui demande une histoire à la Beckett, le moins sentimental d'entre tous, LÉA y met des trémolos, parle de l'amitié comme d'un « trésor », se montre désespérante de mièvrerie. Pourtant tout ça m'aide à comprendre pourquoi l'émotion américaine est si mièvre, si fondamentalement sirupeuse. (Je sais, le sirop est ce qui nappe le plus facilement les différentes couches du public mais ce n'est pas suffisant.) Et là encore, c'est la Silicon Valley qui m'éclaire.

Les Américains ne nouent pas de relations intimes, ils font du réseau, or l'intimité entrave le réseau qui n'a de visée que professionnelle, utilitaire, on noue des relations *pour*. Les codeurs encore plus que les autres qui ne sont pas naturellement doués pour l'affect. L'amitié ne compte pas tant que la convergence des intérêts. (Avec les années, est-ce qu'on ne devient pas tous un peu américains ?) Résultat, dans leurs fictions – et LÉA est une fiction qui produit des fictions – ils compensent, rattrapent ce qu'ils ne savent pas, ne veulent pas vivre dans la vraie vie, à ceci près que l'absence de pratique dérègle et provoque un surdosage, trop de sucre, trop de guimauve.

– Qu'est-ce que tu en penses ? dis-je à Enzo.

Sans quitter des yeux l'écran, il acquiesce et soupire, mes théories ne le passionnent pas et LÉA lui résiste. C'était une mauvaise idée. Je suggère à Enzo de laisser tomber mais il ne m'entend pas et continue de la tacler. Je le vois qui tape « n'importe quoi, l'amitié n'est pas un trésor », puis « est-ce qu'Alex et Caroline couchent ensemble ? », « comment serait une scène de sexe entre eux ? ».

LÉA rejette toutes ses demandes au motif qu'elles sont « inappropriées », mais Enzo n'en démord pas, ruse, rectifie, demande des « scènes d'amour romantiques, très émotionnelles », et LÉA de lui renvoyer des paragraphes dignes d'un Harlequin où Caroline a sans cesse « les larmes qui lui montent aux yeux ».

– Tu mets le doigt sur le problème.

– Qu'est-ce que tu veux dire ?

– On ne peut pas se contenter d'écrire un truc pareil.

– Quoi ? Explique.

– Les larmes lui montent aux yeux, soit. Ses yeux sont pleins de larmes, soit, mais après ? Quel débordement ça crée ? Est-ce que les yeux deviennent tout bombés ? Est-ce que ça pique, ça tiraille entre les paupières ? Est-ce que les larmes refluent ? coulent ? Se contenter de répéter que « les larmes lui montent aux yeux », c'est facile, paresseux, ça manque de précision. Surtout quand c'est mécanique.

Enzo me regarde comme s'il ne m'avait jamais vue. Il doit me trouver péremptoire, snob, bas-bleu.

– En fait, c'est un vrai métier d'écrire, c'est comme le code, dit-il.

C'est le plus beau compliment qu'il puisse me faire et pour le coup, les larmes me montent aux yeux. Pour faire diversion, je propose à Enzo de voir si LÉA peut craquer le code de Proust, de Woolf, de Rimbaud. Il s'exécute et lui demande d'écrire à la façon de. Rimbaud écrit comme un poète du dimanche, ses « horizons s'embrasent de mille feux », quant à la malheureuse Virginia, ses « pensées affluent comme une rivière ». C'est grotesque, admet Enzo, tout en ajoutant que ce n'est qu'une question de temps hélas.

– À LÉA, il manquera toujours le grain, le style, le chagrin, dis-je.

– Détrompe-toi, elle saura l'imiter, répond-il.

– Hmm… Et l'expérience ?

Moi, par exemple, si je devais écrire le roman d'une femme et d'un homosexuel, je chercherais plutôt à me mettre dans la peau de Mary Austin, l'amie de cœur de Freddie Mercury, car alors je serais derrière, en embuscade derrière chaque paragraphe, avec ma peine, mes souvenirs et mes questions. Je n'en parle pas à Enzo, il est trop jeune pour connaître cette histoire, mais soudain, il se tourne vers moi et me demande ce que j'ai.

– Rien.

– Tu fais une tête bizarre.

– Non, non, je t'assure, c'est juste que ta LÉA est pathétique.

Il acquiesce d'un air désolé. Je n'aurais jamais dû lui dire ça, il va replonger. J'ajoute qu'il a raison, elle fera des merveilles d'ici peu.

Je pense à Mary Austin tout l'après-midi, je lis des tonnes de choses en ligne, je regarde des dizaines d'images. Je choisis celle que j'accrocherai dès ce soir, en bas, à droite de mon mur.

C'est une immense photo en noir et blanc, on ne voit plus qu'elle. Freddie y est moustachu, en débardeur échancré et il enlace généreusement Mary qui porte une veste en cuir ; ses longs bras font tout le tour de Mary comme un serpent. Il l'embrasse, elle sourit. On dirait un vrai couple. Je devine l'excitation que procurent à Mary ces étreintes offertes aux paparazzi, les visions crues qu'elles lui permettent de chasser un instant, Freddie en train d'enculer ou de se faire enculer, ou elle, blottie dans les bras doux d'un homme qui ne la désire pas. En réalité, ce n'est pas comme ça que les choses se passent. Freddie ne la désire pas mais il l'aime et Mary le sait. Elle sait qu'elle est le sexe idéal de Freddie, celui qu'il aurait aimé avoir et qu'il a même un temps pratiqué avec elle, que l'homosexualité est ce que la vie lui a donné par défaut, un déversoir, une poubelle, une décharge au milieu de laquelle elle, Mary, trône sur son piédestal. Elle ne se le dit pas en permanence, parfois même elle l'oublie tellement qu'elle trouve ses pensées pleines de fiel erronées, Freddie est ravi d'être comme il est.

Freddie n'a pas épousé Mary et Mary ne lui en a apparemment pas voulu. Elle s'est mariée avec d'autres hommes qui ont sûrement moins compté que lui. L'un de ses enfants a eu Freddie pour parrain qui a dû pleurer devant ce bébé, ce n'était pas le sien mais ça l'était quand même un peu, comme Simon a été subjugué par Angèle quand elle est née. Quand il venait la voir, on la mettait sur mon lit et on la regardait bouger comme deux parents ébahis. Le moindre mouvement de menton ou de poignet nous transportait d'extase. (Je n'en disais rien à personne.)

Mary a longtemps gardé le secret de la maladie de Freddie, elle l'a veillé jusqu'à son dernier souffle. À sa mort, il lui a légué la moitié de sa fortune et sa grande maison de Kensington où elle vit toujours.

Dans mon roman, je rebondirais sur les visions qu'elle chasse et sur l'adverbe « apparemment » car il est certain qu'elle a dû lui en vouloir. Je ferais aussi des scènes entre Mary et ses époux jaloux, traitant Freddie de tous les noms, jusqu'à l'ordure, jusqu'à l'abjection. J'essaierais surtout de comprendre ces fameuses étreintes qui ne sont pas d'un frère et d'une sœur, mais presque. Quand Simon prenait mon visage entre ses mains et m'embrassait comme du bon pain, j'ignorais de quoi était faite la mie de ses baisers. Je ne les lui rendais pas, j'étais celle qu'on embrasse, passive, incrédule, ravie. Je dépiauterais cette chair jusqu'à l'os pour la voir se détacher dans la nuit, trouver dans sa clarté blanche et mate ce qui la relie à l'os de mon désir à moi. Je raconterais la déchéance, Freddie qui s'enfonce dans la mort, comme Simon, à la seule différence que jamais Mary n'oublie Freddie, alors que moi, si : j'oublie Simon, je le laisse dériver, descendre le grand fleuve.

J'ajoute d'autres photos de Freddie avec le bébé de Mary, avec Mary au Japon, une carte du Japon, de Kyoto. (Dans *Homeland*, Carrie met beaucoup de cartes sur son tableau.)

Dans mon roman, je commencerais peut-être par une scène très quotidienne, Mary aujourd'hui, dans la grande maison londonienne. C'est une femme de soixante-douze ans qui boit une tasse de thé sur son canapé. On imagine bien Meryl Streep dans le rôle. J'essaierais à tout prix de camper l'ambivalence dès le début, cette réponse de Freddie quand elle lui demande de lui faire un enfant : « Je t'aime toujours, mais je ne peux pas te faire l'amour. J'aimerais mieux avoir un autre chat. » (Moi, j'entends « plutôt crever que de recoucher avec toi ».) Ou encore Mary qui dirait que ce manoir dont elle a hérité vaut bien tout le chagrin enduré. Autant de bémols qui n'enlèveraient rien à l'amour, à l'émotion de Mary chaque fois qu'elle écoute la chanson *Love Of My Life* que Freddie a écrite pour elle.

Simon ne m'a pas éconduite et ne me léguera rien puisqu'il n'a rien. À quoi tient mon embuscade ? À vouloir comprendre, descendre moi aussi le fleuve jusqu'à son delta, là où deux sexualités se séparent pour se regarder vivre depuis la rive d'en face sans plus jamais se rejoindre ? À me pencher sur ce creuset d'amour platonique pour capturer l'essence du désir qui point ? Ou à me complaire dans ce nid douillet au sein duquel aucun serpent ne s'est encore immiscé ?

Moi aussi je me suis souvent demandé si Simon aimait enculer ou se faire enculer et, à vrai dire, c'est la question que tout le monde se pose. Je me souviens de ses réponses évasives, moqueuses, comme si je formulais mal le problème, de ses éternels « ça dépend » ou « ça tourne » qui jetaient sur toutes les scènes un voile d'intimidation ; j'enviais cette ronde, cette capacité d'effraction entièrement réversible et qui éclipsait tous nos manèges.

Quand il a été admis dans ma famille que Simon préférait les garçons, il a ouvert dans notre salon une source, une fontaine de possibilités, à commencer par ma mère qui s'asseyait près de lui en s'émerveillant de voir un garçon parler comme une fille, un homme dans un corps de femme, ou l'inverse, et qui profitait de ce miracle. Elle aurait détesté l'avoir pour fils mais à cette distance, elle l'adorait, lui posait les questions qu'on pose à celui qui réunit tous les points de vue. Elle se réjouissait que je puisse m'approcher d'un homme sans me méfier de ses griffes, sentir chez lui une forme d'admiration jalouse, de narcissisme vivifiant, autrement dit me prendre pour Penélope Cruz devant la caméra d'Almodóvar.

Enzo n'a pas d'amie de son âge, pas de confidente, pas de fille intronisée dans le monde des garçons entre eux pour y diffuser une lumière plus tamisée, mais il devrait facilement s'en trouver une à 42.

– Mais tu es là, toi, dit-il.

– Non, moi, je suis trop vieille et je ne peux pas jouer ce rôle deux fois.

– Mais tu dis toi-même que Simon va mourir.

– Il faut avoir le même âge, Enzo, grandir ensemble.

– Alors tu seras sa veuve, dit-il en souriant, tu ne te consoleras pas avec un petit jeune.

Je souris sans savoir quoi faire de l'émotion qui me submerge. Je propose à Enzo de lui trouver à 42 la fille adéquate, sa Penélope. Il accepte. Je lui promets qu'en deux jours c'est plié.

Nous avisons des silhouettes dans les allées, nous nous adressons des signes, nous mettons des notes, nous faisons des classements. Au début, il trouve ça gênant puis s'y fait, s'en amuse. À la fin de la deuxième journée, je repère une fille aux cheveux bouclés qui me paraît avenante. Enzo approuve. Il l'aborde (je lui ai dit quoi dire), elle s'appelle Marina, ils doivent prendre un café demain.

Finalement, je fais comme Valeria Bruni-Tedeschi dans *Les Amandiers*, je rejoue ma jeunesse via des acteurs que je dirige. C'est une sensation agréable, grisante qui, en me reliant paisiblement à l'agonie de Simon, me libère de la jeunesse d'Enzo. Le jeune homme desserre enfin son étreinte, mon embuscade mollit et je sors du bois.

Dans une fin heureuse, Simon ne meurt pas. Il rencontre Enzo qui lui redonne le goût de vivre. Je reviens chez Enzo longtemps après, je pousse la porte et cette fois, je suis vraiment comme Romy Schneider à la fin de *César et Rosalie*, devant mes deux hommes, le jeune et le vieux, attablés dans la maison de Nanterre. Par la fenêtre, je les vois qui discutent. Quand ils m'aperçoivent, ils se figent l'un après l'autre, d'abord Enzo puis Simon. Enzo regarde Simon qui me regarde. Ces quelques fractions de seconde dessinent un triangle contre lequel mes chiens de faïence viennent enfin se briser. Tout est réunifié. Je marche sur des débris qui ne me font ni peur ni mal, j'ai des semelles de neige.

En réalité, Simon ne m'enverra bientôt plus qu'un seul message par an, le jour de mon anniversaire, puis il ne s'en donnera même plus la peine car quand on en arrive là, à quoi bon ? Il s'éteindra tranquillement devant un téléfilm de TF1 et son dernier souffle sera recouvert par un spot publicitaire tonitruant. Je ne l'apprendrai que très tard ou peut-être n'y aura-t-il plus personne pour me le dire. Sur l'étendue de son absence, sa mort ne formera qu'une onde légère qui, à mon insu, anéantira la dernière preuve que j'ai été jeune. Il arrive toujours un moment où plus personne ne croit que vous l'avez été, alors que vous ne cessez de crier que si, que si. (Les photos n'ont jamais servi de preuve, à la différence d'un pas de danse agile et tonique qui soudain fait resurgir la silhouette du danseur que vous étiez à vingt ans.) C'est un détail mais cette incrédulité vous condamne à arpenter une pièce sans fenêtres.

Mon tableau me laisse perplexe, un peu honteuse. Quoi, tout ça pour ça ? Renouer avec le visage de ma jeunesse ? Tout ce détour par le siècle, la science, la technique, von Neumann, Python, pour finalement trouver ce très banal code source ? À croire qu'en littérature aussi, les ratios sont parfois bien faibles. Pourtant plus je regarde mon mur, plus je me dis que si j'ai fabriqué un mystère de toutes pièces – le code ne recèle ni vérité suprême ni infini ni double fond –, je vois maintenant affleurer sous les images une chose qui, elle, me dépasse : un spectre, un alliage d'esprit et de corps qui subit toutes sortes de variations, un motif bigarré où brille ce qui me plaît tant chez un homme, l'éclat d'une force brutale qui vient barrer, redresser l'atermoiement illimité. Cette brutalité peut prendre les atours de l'extrême concentration (un codeur *wired in*) ou de l'assaut physique (une rockstar sur scène), ce qui donne raison à Margaux quand elle dit qu'entre le codeur et le bad boy finalement, il n'y a pas grande différence. Et c'est peut-être ce que j'appelle Python. Les hommes posent depuis toujours la question, « Qu'est-ce qu'une femme ? » ou « Que veut une femme ? », alors à une femme de se demander ce que veut un homme. Quand on a approché si tôt et d'aussi près une créature hybride comme Simon, les deux questions se chevauchent et s'influencent.

Mon tableau s'anime, ondule comme un générique sur le trio des masques de *Don Giovanni* et s'achève sur une vision magique, un talisman, une chose que Simon me lègue ; une chose avec laquelle je continuerai à vivre, sans lui, tête haute parmi les hommes. J'avance juchée sur une paire de chaussures à talon belles et racées, du plus beau python, de ces souliers qu'on enfile avec panache et qu'on finit par retirer pour marcher pieds nus dans la nuit, à même la fatigue, coulée de mercure, serpent d'encre épaisse qui recouvre le visage, la voix, le chant.

## *Épilogue*

Je n'ai pas brûlé mon tableau, je l'ai défait. J'ai retiré les images une à une avec le plus grand soin, en commençant par celles du bas, puis en remontant vers les dessins de mes personnages que j'ai détachés en dernier. J'ai constaté qu'il n'y avait aucune photo de moi avec Simon.

J'ai fait des tas qui correspondent aux différentes zones, et je les ai rangés dans des pochettes. À contrecœur, j'ai effacé les lignes et les flèches.

J'ai laissé Simon me regarder longtemps avant de le détacher lui aussi.

*Remerciements*

Je tiens à remercier Jacob Leygonie, Boris Paillard, David Spector, Guido van Rossum, Xavier Niel, Sophie Viger et l'école 42, Xavier Lacroze, qui, chacun à sa façon, m'ont aidée à entrevoir le monde du code.

Toute ma gratitude va à la Villa Kujoyama qui m'a prêté ses murs magnétiques le temps d'une résidence d'écriture.

Merci à Sasha, à Yaël, pour leurs tacles, leur humour et leur soutien constant.

Et, bien sûr, à Nicolas, pour tout.

TABLE

Achevé d'imprimer en novembre 2023
dans les ateliers de Normandie Roto Impression s.a.s.
à Lonrai (Orne)

N° d'éditeur : 2875
N° d'édition : 611989
N° d'imprimeur : 2304822
Dépôt légal : janvier 2024

*Imprimé en France*